AMURGUL GÂNDURILOR

# 思想的黄昏

*Emil Cioran*

[罗马尼亚] 埃米尔·齐奥朗 / 著

陆象淦 / 译

南方出版传媒
花城出版社
中国·广州

## 图书在版编目（CIP）数据

思想的黄昏／（罗）埃米尔·齐奥朗著；陆象淦译．－－广州：花城出版社，2019.5（2020.7重印）
（蓝色东欧／高兴主编．第5辑）
ISBN 978-7-5360-8511-4

Ⅰ．①思… Ⅱ．①埃… ②陆… Ⅲ．①散文集－罗马尼亚－现代 Ⅳ．①I542.65

中国版本图书馆CIP数据核字(2019)第045039号

合同版权登记号：图字19－2016－108号
Amurgul gandurilor by Emil Cioran
Copyright © COPYRO—SGCDA, Romania

| | |
|---|---|
| 出 版 人： | 肖延兵 |
| 丛书策划： | 朱燕玲　孙虹 |
| 出版统筹： | 李倩倩　夏显夫　欧阳佳子 |
| 责任编辑： | 许泽红 |
| 技术编辑： | 薛伟民　凌春梅 |
| 封面供图： | 子夏 |
| 装帧设计： | 棱角视觉 ANGULAR VISION |

| | |
|---|---|
| 书　　名 | 思想的黄昏<br>SI XIANG DE HUANG HUN |
| 出版发行 | 花城出版社<br>（广州市环市东路水荫路11号） |
| 经　　销 | 全国新华书店 |
| 印　　刷 | 恒美印务（广州）有限公司<br>（广州南沙经济技术开发区环市大道南路334号） |
| 开　　本 | 880 毫米×1230 毫米　32 开 |
| 印　　张 | 7.5　2插页 |
| 字　　数 | 195,000 字 |
| 版　　次 | 2019年5月第1版　2020年7月第2次印刷 |
| 定　　价 | 49.00元 |

本书中文专有出版权归花城出版社独家所有，非经本社同意不得连载、摘编或复制。
如发现印装质量问题，请直接与印刷厂联系调换。
购书热线：020－37604658　37602954
欢迎登陆花城出版社网站：http://www.fcph.com.cn

思想的黄昏

"……使他受苦,吃不饱,喝不足……"

——《圣经·历代志(下)》,第 18 章

# 目 录
## CONTENTS

记忆，阅读，另一种目光（总序）／高兴 ／ 1
守望孤独（中译本前言）／陆象淦 ／ 1

一 ／ 1
二 ／ 20
三 ／ 36
四 ／ 52
五 ／ 70
六 ／ 86
七 ／ 102
八 ／ 115
九 ／ 130
十 ／ 145
十一 ／ 161
十二 ／ 173
十三 ／ 187
十四 ／ 199

# 记忆，阅读，另一种目光

(总序)

高兴

昆德拉说过："人的一生注定扎根于前十年中。"我想稍稍修改一下他的说法："人的一生注定扎根于童年和少年中。"童年和少年确定内心的基调，影响一生的基本走向。

不得不承认，二十世纪五六十年代出生的人都有着不同程度的俄罗斯情结和东欧情结。这与我们的成长有关，与我们的童年、少年和青春岁月有关。而那段岁月中，电影，尤其是露天电影又有着怎样重要的影响。那时，少有的几部外国电影便是最最好看的电影，它们大多来自东欧国家，几乎吸引了所有人的目光，是我们童年的节日。在某种意义上，甚至可以说，它们还是我们的艺术启蒙和人生启蒙，构成童年最温馨、最美好和最结实的部分。

还有电影中的台词和暗号。你怎能忘记那些台词和暗号。它们已成为我们青春的经典。最最难忘的是《瓦尔特保卫萨拉热窝》。"'空气在颤抖,仿佛天空在燃烧。''是啊,暴风雨来了。'""看,这座城市,它就是瓦尔特。"简直就是诗歌。是我们接触到的最初的诗歌。那么悲壮有力的诗歌。真正有震撼力的诗歌。诗歌,就这样和英雄主义和浪漫主义,紧紧地连接在了一道。

还有那些柔情的诗歌。裴多菲,爱明内斯库,密茨凯维奇。要知道,在二十世纪七八十年代,读到他们的诗句,绝对会有触电般的感觉。而所有这一切,似乎就浓缩成了几粒种子,在内心深处生根,发芽,成长为东欧情结之树。

然而,时过境迁,我们需要重新打量"东欧"以及"东欧文学"这一概念。严格来说,"东欧"是个政治概念,也是个历史概念。过去,它主要指波兰、捷克斯洛伐克、匈牙利、罗马尼亚、保加利亚、南斯拉夫、阿尔巴尼亚七个国家。因此,在当时,"东欧文学"也就是指上述七个国家的文学。这七个国家,加上原先的东德,都曾经是以苏联为首的华沙条约组织的成员。

一九八九年底,东欧发生剧变。此后,苏联解体,华沙条约组织解散,捷克和斯洛伐克分离,南斯拉夫各共和国相继独立,所有这些都在不断改变着"东欧"这一概念。而实际情况是,波兰、捷克、匈牙利、罗马尼亚等国家甚至都不再愿意被称为东欧国家,它们更愿意被称为中欧或中南欧国家。同样,不少上述国家的作家也竭力抵制和否定这一概念。在他们看来,东欧是个高度政治化、笼统化的概念,对文学定位和评判,不太有利。这是一种微妙的姿态。在这种姿态中,民族自尊心也发挥着不可估量的作用。

但在中国,"东欧"和"东欧文学"这一概念早已深入人心,有广泛的群众和读者基础,有一定的号召力和亲和力。因此,继续使用"东欧"和"东欧文学"这一概念,我觉得无可厚非,有利于研究、译介和推广这些特定国家的文学作品。事实上,欧美一些大学、研究中心也还在继续使用这一概念。只不过，今日，当我们提到这一概念，涉及的就不仅仅是七个国家，而应该包含更多的国家：立陶宛、摩尔多瓦等独联体国家，还有波黑、克罗地亚、斯洛文尼亚、塞尔维亚、黑山等从南斯拉夫联盟独立出来的国家。我们之所以还能把它们作为一个整体来谈论，是因为它们有着太多的共同点：都是欧洲弱小国家，历史上都曾不断遭受侵略、瓜分、吞并和异族统治，都曾把民族复兴当作最高目标，都是到了十九世纪末二十世纪初才相继获得独立，或得到统一，第二次世界大战后都走过一段相同或相似的社会主义道路，一九八九年后又相继推翻了共产党政权，走上了资本主义发展道路。之后，又几乎都把加入北约、进入欧盟当作国家政策的重中之重。这二十年来，发展得都不太顺当，作家和文学都陷入不同程度的困境。用饱经风雨、饱经磨难来形容这些国家，十分恰当。

换一个角度，侵略，瓜分，异族统治，动荡，迁徙，这一切同时也意味着方方面面的影响和交融。甚至可以说，影响和交融，是东欧文化和文学的两个关键词。看一看布拉格吧。生长在布拉格的捷克著名小说家伊凡·克里玛，在谈到自己的城市时，有一种掩饰不住的骄傲："这是一个神秘的和令人兴奋的城市，有着数十年甚至几个世纪生活在一起的三种文化优异的和富有刺激性的混合，从而创造了一种激发人们创造的空气，即捷克、德国和犹太文化。"[①]

克里玛又借用被他称作"说德语的布拉格人"乌兹迪尔的笔为我们描绘了一个形象的、感性的、有声有色的布拉格。这是一个具有超民族性的神秘的世界。在这里，你很容易成为一个世界主义者。这里有幽静的小巷、热闹的夜总会、露天舞台、剧院和形形色色的小餐馆、小店铺、小咖啡屋和小酒店。还有无数学生社团和文艺沙龙。自然也有五花八门的妓院和赌场。布拉格是敞开的，是包容的，是休闲的，是艺术的，是世俗的，有时还是颓废的。

---

① 见伊凡·克里玛《布拉格精神》第44页，崔卫平译，作家出版社1998年版。

布拉格也是一个有着无数伤口的城市。战争、暴力、流亡、占领、起义、颠覆、出卖和解放充满了这个城市的历史。饱经磨难和沧桑，却依然存在，且魅力不减，用克里玛的话说，那是因为它非常结实，有罕见的从灾难中重新恢复的能力，有不屈不挠同时又灵活善变的精神。如果要用一个词来形容布拉格的话，克里玛觉得就是：悖谬。悖谬是布拉格的精神。

或许悖谬恰恰是艺术的福音，是艺术的全部深刻所在。要不然从这里怎会走出如此众多的杰出人物：德沃夏克，雅那切克，斯美塔那，哈谢克，卡夫卡，布洛德，里尔克，塞弗尔特，等等。这一大串的名字就足以让我们对这座中欧古城表示敬意。

布拉格如此，萨拉热窝、华沙、布加勒斯特、克拉科夫、布达佩斯等众多东欧城市，均如此。走进这些城市，你都会看到一道道影响和交融的影子。

在影响和交融中，确立并发出自己的声音，十分重要。不少东欧作家为此做出了开拓性和创造性的贡献。我们不妨将哈谢克和贡布罗维奇当作两个案例，稍加分析。

说到捷克作家哈谢克，我们会想起他的代表作《好兵帅克》。以往，谈论这部作品，人们往往仅仅停留于政治性评价。这不够全面，也容易流于庸俗。《好兵帅克》几乎没有什么中心情节，有的只是一堆零碎的琐事，有的只是帅克闹出的一个又一个的乱子，有的只是幽默和讽刺。可以说，幽默和讽刺是哈谢克的基本语调。正是在幽默和讽刺中，战争变成了一个喜剧大舞台，帅克变成了一个喜剧大明星，一个典型的"反英雄"。看得出，哈谢克在写帅克的时候，并没有考虑什么文学的严肃性。很大程度上，他恰恰要打破文学的严肃性和神圣感。他就想让大家哈哈一笑。至于笑过之后的感悟，那就是读者自己的事情了。这种轻松的姿态反而让他彻底放开了。借用帅克这一人物，哈谢克把皇帝、奥匈帝国、密探、将军、走狗等等统统给骂了。他骂得很过瘾，很解气，很痛快。读者，尤其是捷克读者，读得也很过瘾，很解气，很痛快。幽默和讽刺于是又变成了一件有力的武器，特别适用于捷克这么一个弱小的民族。哈谢克最大的贡献也正在于此：为捷克民族和捷克文学找到了一种声音，确立了一种传统。

而波兰作家贡布罗维奇与哈谢克不同，恰恰是以反传统而引起世人瞩目的。他坚决主张让文学独立自主。在二十世纪三四十年代，贡布罗维奇的作品在波兰文坛显得格外怪异离谱，他的文字往往夸张扭曲，人物常常是漫画式的，他们随时都受到外界的侵扰和威胁，内心充满了不安和恐惧，像一群长不大的孩子。作家并不依靠完整的故事情节，而是主要通过人物荒诞怪僻的行为，表现社会的混乱、荒谬和丑恶，表现外部世界对人性的影响和摧残，表现人类的无奈和异化以及人际关系的异常和紧张。长篇小说《费尔迪杜凯》就充分体现出了他的艺术个性和创作特色。

捷克的赫拉巴尔、昆德拉、克里玛、霍朗，波兰的米沃什、赫贝特、希姆博尔斯卡，罗马尼亚的埃里亚德、索雷斯库、齐奥朗，匈牙利的凯尔泰斯、艾什特哈兹，塞尔维亚的帕维奇、波帕，阿尔巴尼亚的卡达莱……如此具有独特风格和魅力的当代东欧作家实在是不胜枚举。

某种程度上，东欧曾经高度政治化的现实，以及多灾多难的痛苦经历，恰好为文学和文学家提供了特别的土壤。没有捷克经历，昆德拉不可能成为现在的昆德拉，不可能写出《可笑的爱》《玩笑》《不朽》和《难以承受的存在之轻》这样独特的杰作。没有波兰经历，米沃什也不可能成为我们所熟悉的将道德感同诗意紧密融合的诗歌大师。但另一方面，需要注意的是，由于语言的局限以及话语权的控制，东欧文学也极易被涂上浓郁的意识形态色彩。应该承认，恰恰是意识形态色彩成全了不少作家的声名。昆德拉如此。卡达莱如此。马内阿如此。赫尔塔·米勒亦如此。我们在阅读和研究这些作家时，需要格外地警惕。过分地强调政治性，有可能会忽略他们的艺术性和丰富性。而过分地强调艺术性，又有可能会看不到他们的政治性和复杂性。如何客观地、准确地认识和评价他们，同样需要我们的敏感和平衡。

一个美国作家，一个英国作家，或一个法国作家，在写出一部作品时，就已自然而然地拥有了世界各地广大的读者，因而，不管自觉与否，他，或她，很容易获得一种语言和心理上的优越感和骄傲感。这种感觉东欧作家难以体会。有抱负的东欧作家往往会生出一种紧迫感和危机感。他们要用尽全力将弱势转化为优势。昆德拉就反复强调，身处小国，你"要么做一个可怜的、眼光狭窄的人"，要么成为一个广闻博识的"世界性的人"。别无选择，有时，恰恰是最好的选择。因此，东欧作家大多会自觉地"同其他诗人，其他世界，和其他传统相遇"（萨拉蒙语）。昆德拉、米沃什、齐奥朗、贡布罗维奇、赫贝特、卡达莱、萨拉蒙等等东欧作家都最终成为"世界性的人"。

关注东欧文学，我们会发现，不少作家，基本上，都在出走后，都在定居那些发达国家后，才获得一定的国际声誉。贡布罗维奇、昆德拉、齐奥朗、埃里亚德、扎加耶夫斯基、米沃什、马内阿、史克沃莱茨基等等都属于这样的情形。各种各样的原因，让他们选择了出走。生活和写作环境、意识形态、文学抱负、机缘等，都有。再说，东欧国家都是小国，读者有限，天地有限。

在走和留之间，这基本上是所有东欧作家都会面临的问题。因此，我们谈论东欧文学，实际上，也就是在谈论两部分东欧文学：海外东欧文学和本土东欧文学。它们缺一不可，已成为一种事实。

在我国，东欧文学译介一直处于某种"非正常状态"。正是由于这种"非正常状态"，在很长一段岁月里，东欧文学被染上了太多的艺术之外的色彩。直至今日，东欧文学还依然更多地让人想到那些红色经典。阿尔巴尼亚的反法西斯电影，捷克作家伏契克的《绞刑架下的报告》，保加利亚的革命文学，都是典型的例子。红色经典当然是东欧文学的组成部分，这毫无疑义。我个人阅读某些红色经典作品时，曾深受感动。但需要指出的是，红色经典并不是东欧文学的全部。若认为红色经典就能代表东欧文学，那实在是种误解和误导，是对东欧文学的狭隘理解和片面认识。因此，用艺术目光重新打量、重新梳理东欧文学已成为一种必须。为了更加客观、全面地翻译和介绍东欧文学，突出东欧文学的艺术性，有必要颠覆一下这一概念。蓝色是流经东欧不少国家的多瑙河的颜色，也是大海和天空的颜色，有广阔和博大的意味。"蓝色东欧"正是旨在让读者看到另一种色彩的东欧文学，看到更加广阔和博大的东欧文学。

二〇一三年十月三十一日定稿于北京

**主编简介**：高兴，诗人、翻译家，一九六三年出生于江苏省吴江市。中国作家协会会员。现为中国社会科学院外国文学研究所研究员，《世界文学》主编。曾以作家、翻译家、外交官和访问学者身份游历过欧美数十个国家。出版过《米兰·昆德拉传》《东欧文学大花园》《布拉格，那蓝雨中的石子路》等专著和随笔集；主编过《二十世纪外国短篇小说编年·美国卷》（上、下册）、《伊凡·克里玛作品系列》（5卷）、《水怎样开始演奏》、《诗歌中的诗歌》、《小说中的小说》（2卷）等大型图书。主要译著有《梵高》《黛西·米勒》《雅克和他的主人》《可笑的爱》《安娜·布兰迪亚娜诗选》《我的初恋》《索雷斯库诗选》《梦幻宫殿》《托马斯·温茨洛瓦诗选》等。

# 守望孤独

(中译本前言)

陆象淦

直面孤独，拒绝名利场，隐居底层，不求虚名，孜孜不倦地阅读和写作，兼收并蓄各派思潮和学说，努力探索人生的真谛，这是齐奥朗作为思想家和作家终其一生所尊崇的生活态度和行为准则。在他看来，孤独可以使人远离追名逐利的喧哗，净化心灵，潜入冥思，深刻反思和求索，杜绝人云亦云和随波逐流，提出独特的创见。他的格言告诉我们说："孤独不是教你踽踽独行，而是教你成为一个独特的达人。"

埃米尔·齐奥朗，一九一一年出生于罗马尼亚西北部的特兰西瓦尼亚地区锡比乌城的一个东正教神父的家庭。就其母系的背景而言，他的外祖父曾被奥匈帝国封为男爵，跻身贵族行列。在锡比乌城偏重德语教育的格奥尔基·拉泽尔中学完成中等学业后，齐奥朗十七岁进入布加勒斯特大学攻读哲学。得益于通晓德语，他在大学期间就潜心研读康德、叔本华特别是尼采的原版著作。一九三三至一九三五年获得德国洪堡大学的奖学金，赴柏林深造。在德国留学期间，他又接触和研究了当时颇为热门的德国新康德主义社会学家西梅尔、生机论运动的倡导者克拉格斯、存在主义的主要代表海德格尔以及将偶然性作为思想体系核心的俄国非理性主义哲学家舍斯托夫等人的学说。一九三六年，返回罗马尼亚后，他在特兰西瓦尼亚地区的布拉索夫城的一所中学谋得了哲学教师的职位。翌年，又获得布加勒斯特的法兰西学院奖学金，以撰写博士论文的名义赴法国巴黎研读，直至一九四五年正式定居法国。

齐奥朗的写作生涯大致可分为两个阶段：二十世纪三十年代初至四十年代中期的第一阶段，用他的母语罗马尼亚语写作；一九四七年开始至一九九五年逝世的第二阶段，用法语写作。早在青年时期，他就显示出极高的写作天赋和创造才华。一九三四年，齐奥朗发表的第一部作品《在绝望之巅》荣获罗马尼亚处女作奖励委员会奖和罗马尼亚青年作家奖。在此后的半个多世纪的时间里，他先后用罗马尼亚语和法语撰写和发表了二十余种作品，大多为随笔、断想、冥思、格言、警句和通讯等短小精悍之作，以文笔简洁而含义深睿著称。尽管有评论家断言他是怀疑主义或虚无主义者，但他始终认为自己是一个浪漫主义者，他的青春打上了德国浪漫主义的深刻烙印，毕生崇尚法国、俄罗斯等各种形式的浪漫主义。

《思想的黄昏》是齐奥朗于一九四〇年出版的用罗马尼亚语撰写的第五部作品，以探索西方传统文明、人生、生死、命运、信仰、孤独、爱情等问题及其价值为主题，风格独具、思想深邃、视野开阔、联想丰富、言辞犀利，充分调动作为社会批判利器的逆向思维的魅力，常常在惊世骇俗乃至匪夷所思的语句背后，揭示出潜在的真谛。二十世纪三十至四十年代，战争的风暴和大屠杀的浩劫席卷欧洲和整个世界，齐奥朗在书中严厉地批判趋于衰落的西方传统文明和基督教的原罪与救世学说，沉痛地呼号"世界在心灵的边缘衰老，而思想正在进入黄昏。宇宙展现着它那令人恐惧的微笑，而我——生命的象征——在其中认出一个食人的天使"。在这善恶相争的世界里，"恶为我们揭示时间的魔鬼本质，善则是未来的永恒潜力。恶是抛弃，善则是感悟的蓝图"。这或许是解读这部作品之所以被命名为"思想的黄昏"的钥匙。

齐奥朗一生反对浪得虚名，厌恶沙龙里的高谈阔论和炒作包装，认为那"无非是极肤浅的东西或许都可以冒充为最高深莫测的思想"的一场表演，毫无价值。在他看来，写作是一种极个性化的个人行为，作家写作时与之相伴的只是他自己，守望着巨大的孤独。因此，齐奥朗拒绝参与和接受作品的评选及相关奖项，甘于默默无闻。然而，耐人寻味的是，在他的晚年和身后却依然声名鹊起，获得了极高的国际声誉，短短数年间，他的作品被迻译成十几种文字。在他的祖国罗马尼亚的首都布加勒斯特，树立起了他的半身纪念铜像。二〇〇五年，罗马尼亚科学院追认他为荣誉院士。在巴黎、布加勒斯特、锡比乌和克卢日等城市都有以他的名字命名的街道。凡此种种，或许如他曾经不无嘲讽地说的"荣耀赞美尸体"，但毕竟是来得不算太晚的历史的选择。大浪淘沙，时间是最严格的检验机。这或许也验证了齐奥朗在本书中阐释的一种生死关系：有的人死了却还活着，有的人活着却已经死去。

# 一

你尽可信口雌黄,扬言宇宙没有任何作用。没有人会生气——然而,如果用同样的言辞评价任何一个人,他势必抗议,甚至采取措施惩罚你。

芸芸众生,莫不如此:当涉及普遍原理时,事不关己,不问是非,毫不觉羞耻。若宇宙没有任何作用,又有谁逃脱得了这种灾难的诅咒?

一言以蔽之,生命的全部奥秘在于:它本身没有任何意义,但我们每一个人都在觅求某种意义。

\*

孤独不是教你踽踽独行,而是教你成为一个独特的达人。

\*

上帝一心关注维护他的真理。但是,人们往往只需简单地耸耸肩就能将这些真理全部推翻,因为思想早就将它们冲垮。如果一条蛆虫能够产生形而上的烦恼,它也会睡不着觉。

对上帝的信念是防止自杀的一个屏障,却挡不住死亡。这样的信念丝毫冲淡不了黑暗,上帝因无谓的恐惧而为自己切脉时,也会感到可怕的黑暗……

※

据说，第欧根尼①干过伪造货币的勾当——任何一个不相信绝对真理的人，都有理由伪造一切。

第欧根尼如果生在基督降世之后，或会成为一个圣徒——对于犬儒主义者和两千年的基督教的赞美，能给我们带来什么？一个仁慈的第欧根尼。

柏拉图称第欧根尼为"一个疯癫的苏格拉底"。苏格拉底再也难以获得拯救……

※

我压抑的焦躁若能发出声音，第一个动作或是跪倒在哭墙前，怀着那与生俱来的哀悼——对这个世界的哀悼。

※

一切遗忘不了的事物损耗着我们的机体，悔恨乃是遗忘的对立面。因此，它像一个对你眼露杀机，或者令你瞬间充满子弹侵入血液之感的古老巨妖，虎视眈眈地耸立着。

普通人在任何行动之后感到悔意，他们*知道*为何有悔，原因就在他们眼前。我们或许枉谈什么"精神冲动"，他们不可能理解一种无谓的苦恼的力量。

形而上的悔恨乃是一种无缘无故的困扰，生命边缘的道德焦虑。你并无应悔之罪，却感到悔恨。你并未回忆起任何事情，以往的无尽痛苦却涌上心头。你没有做过一件坏事，却感到应为世间的罪恶担责，觉得犹如撒旦在梦魇中踯躅。不由得陷入伦理问题的罗网及其答

---

① 这里应是指锡诺普的第欧根尼（前412—前323），古希腊犬儒主义哲学家，传说他住在一个圆酒桶里，白天打着灯笼寻找诚实的人。

案的恐惧之中，亦即陷入恶之律。

你越是面对恶缺乏冷静，就越是接近天然的悔恨。这样的悔恨有时是模糊的和暧昧的：你背上了不仁的包袱。

紫是悔恨的颜色（吊诡的是，悔恨出自轻浮与忧伤的斗争，忧伤最终获胜）。

悔恨是歉意的*伦理*形式（歉意变成问题，而不是忧伤），上升到痛苦高度的一种歉意。

悔恨无补于事，却引发一切。道德的出现无异于悔恨的最初战栗。

一种痛苦的活力将悔恨变成心灵奢侈的而无谓的噬咬——给我们留下印象的只有大海——还有香烟的烟雾。

负罪感乃是悔恨的宗教表述，正如歉意是悔恨的诗意表述。前者是最高限，后者则是最低限。

你为自己心底发生的某种东西懊悔……你有充分的自由把握事件的另一种进程，但罪恶或者龌龊心理的诱惑战胜了伦理的反省。暧昧出自任何悔恨中的神学说教与龌龊心理两者的混合。

没有任何东西会使你觉得比时间的不可逆性更加痛苦。不可弥补性无非是这种不可逆性的道德诠释。

恶为我们揭示时间的魔鬼本质，善则是未来的永恒潜力。恶是抛弃，善是感悟的蓝图。没有人懂得两者的理性差别。但我们人人都感受到恶的痛苦烧灼与善的令人心醉神迷的恬淡。

善恶的二元论在价值的世界里导入另一个更为深刻的概念：清白和认识。

将悔恨与绝望、恶或者恐惧区别开的是柔情，是无可救药者的感动。

�

世间有那么多人离死亡仅一线之隔——想到死的哀愁！因此，死亡从生命中创造了一面镜子，为的是能够赞美自己。诗无非是挽歌式自恋的工具。

\*

无论动物抑或植物都是悲惨的，但是它们没有发现这种悲惨，因为那是一种认识方式。只有在运用这种认识方式的情况下，它们才不复是*自然之物*。唯其如此，环顾我们周围，有谁会无视我们给予植物、动物乃至某些矿物以友情！——却拒绝任何一个人分享这份感情。

\*

地球只是宇宙的乌有之乡。唯其如此，你永远无路可走……

\*

生命沉默，静听着你孤独的所有那些时刻……在巴黎，犹如在一个遥远的小山村里，时光倒转，蜷缩在意识的一角，你独自一人，与你的阴影和目光。灵魂孤寂难耐，在无限的烦恼中浮现在你面前，犹如在深渊中捕捞到的一具尸体。于是，你发现*丧失灵魂*还有不同于《圣经》注解的另一种意义。

\*

一切思想犹如被天使们踩在脚下的一条蚯蚓的呻吟。

\*

你若不习惯于谛听沉默，就不能理解何谓"冥思"。它的声音乃是一种推动，引导你抛开一切。一切宗教的创始莫不得此精深真谛。从佛陀的奥秘中，我开始悔恨自己以往害怕沉默的瞬间。宇宙的静默告诉你那么多的事情，是怯懦将你推入这个世界的怀抱。

宗教乃是沉默的一个和缓启示，是加入了甜味的虚无主义课程，虽然这种虚无主义源自我们诚惶诚恐和小心翼翼过滤的相关传说……所以，沉默与生命对立。

※

每当我的头脑里出现"*徘徊*"一词，无不醒悟到自己是一个真实的人。而且，每每觉得似乎有群山在我的额头上打盹……

※

苏索①在其自传中告诉我们，他在自己的心脏前用铁笔刻上了耶稣的名字。血没有白流，经过一段时间后，他发现那些字母闪闪发光，他把它们掩盖起来，不让任何人看到——我在自己心脏前也铭刻点什么？——很可能是"不幸"一词。苏索的奇迹或能隔几个世纪重演，如果魔鬼能使自己的纹章发光……这样，人类的心脏或将成为撒旦的灯牌广告。

※

天使们在林中草地里度假。我想在其中播种沙漠边缘的各种花儿，以便在自己星象的影子下憩息。

※

你必须具备一个希腊怀疑主义者的精神和一颗约伯②的心，用来体验无中生有的情感：无辜的负罪感、没来由的伤感、无故的悔恨、

---

① 海因里希·苏索（1295—1366），德国奥秘神学家，上帝之友会的领导人之一。

② 约伯，《圣经·旧约》人物，历经磨难而信仰尤坚的"义人"，详见《圣经·约伯记》。

无的放矢的仇恨……

纯粹的情感无异于没有问题而空谈哲学。这样，无论是生活抑或思想，与时代没有任何联系，而人生最终犹如空中楼阁。你心中经历的一切不再能同任何事物联系起来，因为没有任何指向，在行为的内在目的性中耗尽。你越是回归本性，就越是使你的"经历"丧失时间性。投向天空的目光没有日期，而生命自身比虚无更难定位。

在追求绝对的渴望中，存在着某种朦胧的纯洁性，它必将治愈我们所受到的时代污染，而且将成为我们不断像空中楼阁一样悬浮的原型。究其原因，则在于本质上这只是除去时间意识之魅。

✻

每当我想到人，怜悯之情就淹没我的思想。因此，我无论如何不能发现人的行踪。大自然中的一个碎片迫使你进行破碎的冥想。

✻

追求神圣的激情像音乐一样取代着酒精。情歌和诗也是如此。那是不同形式的遗忘，具有完美的取代功能。醉鬼、圣徒、恋人和诗人，原本离天空，或者更确切地说，离大地同样的距离。只是路径相异，虽然都走上了非人之路——这说明为什么一种内在的享乐欲同样左右着他们。

✻

怯懦乃是对生命一种本能的蔑视，犬儒主义则是对理性的蔑视。柔弱呢？神志清醒的淡淡黄昏，精神跌落到心态的一种"退化"。

任何怯懦无不带有某种宗教的色彩，害怕我们不是凡人的孩子。上帝不是凡人，世界乃是他的作品……形而上的怀疑造成了我们神志的不适和社会的窘境。人与人之间缺乏肝胆相照——不再遮遮掩掩的蔑视——产生自缺乏安全感的生命力，而对于世界上更具本质的事物的怀疑，加剧了这种力量。自信的本能和坚定的信仰给予你厚颜无耻的借口，甚至强制你这样做——怯懦是你掩盖歉意的方式。因为，任何的所谓敢作敢当，无非是缺乏歉意的一种表达形式。

*

有时你不再有幻想，仿佛要充当生活中私人梳妆台的镜子——比爱情生活更柔情蜜意的奥秘不存在，它独霸一切，将所有事实踩在脚下。你不应该再有一丝一毫属于世界，以使生命成为你的一切。*蓝天上的远景如此规划*。

*

凡是出现悖论之处，体系寿终正寝，生命高奏凯歌。借助悖论，理性面对非理性拯救了自己的名誉。生活中混沌的事物只能用诅咒或者颂歌来表达。不能运用这两者的人，还能使用的只有一招：悖论——非理性*假装的微笑*。

就逻辑的视角而言，悖论如果不是一个不负责任的玩笑，又是什么？而从常识的观点来看，它难道不是表明理论的堕落吗？在其中燃烧着的，难道不正是生活中被隐蔽地蹂躏的种种不可解决的问题、无意义的事情和冲突吗？有时，它不安稳的阴影对理性进行陈述，而理性又将这类胡言乱语裹在悖论的优雅外衣下，掩盖其本源。沙龙里的高谈阔论本身，无非是极肤浅的思想或许都可以冒充最高深莫测的表述，难道不是吗？

悖论不是答案，因此，不解决任何问题，仅可以用作不可弥补之物的装饰。你想用它来复原某种事物，乃是最大的悖论。除非理性冥灭，否则就不可能想象这样做。理性缺乏激情迫使它竖起耳朵倾听生活的叽叽喳喳的闲言碎语，在生活的杂音中放弃自己不苟且的态度。在悖论中，理性背弃了自己，丧失了自己的底线，不复能阻止心血来潮而令人心惊肉跳的错误入侵。

神学家们是悖论的寄生体。如果他们不想下意识地运用悖论,必须具备更多的武器。宗教怀疑主义只是悖论的*有意识*的实践。

理性中不容纳的一切乃是怀疑的缘由,但在怀疑中不存在任何东西。由此悖论思维高歌猛进,它们将内容注入各种形式,从而为谬论发放了官方通行证。

悖论借给生活一种富有表现力的谬论的魅力,改变了生活的初衷。

※

如果我是摩西,或会用权杖从岩石中敲击出忏悔之声。无论如何——这也是平息凡夫俗子们的渴望的一种方式……

※

宗教的事物不是内容问题,而是*强度*问题。上帝自定为我们焦虑不安的一个环节,因此我们生存在其中的世界成为宗教情感极少关注的一个对象,究其原因正在于除了在*不带感情的瞬间*,不可能想到它。没有"感情",我们超越不了感知的领域,亦即我们*看*不见任何东西。眼睛只有在分辨不出目标之时才为上帝效力,上苍害怕个性化。

信仰的增强与哪种感觉是虔诚的标志无关。恶(走向上帝的反面之路)揭示了我们的一种最讨厌的习性。恶习比一种没有扭曲的本能更接近于上苍,因为随着我们不复是自然之物,或有可能分享*神圣*。

一个明智的人每一步都衡量自己的"感情",是自己激情的观察者,永远注视着其足迹,抛开故作悲天悯人的暧昧姿态。在明智状态下,认识乃是生理的一大幸事。

我们对自己了解越多,就越能实践卫生的种种要求,实现机体的透明化。透过我们自身,看到自己多么纯洁。这样,你达到了敢于直

*面自己*的境界。

*

修道院里圣徒的歇斯底里的根源只能是聆听沉默，直观孤独的静默景象——但时间的内在悸动，在时间的浪涛起伏中意识的丧失呢？那是——俗人的歇斯底里的根源……

时间乃是大海一个形而上的代用品。除非为了克服虚度光阴的感叹，你千万别去想它。

*

如果承认宇宙中确有实在的无限小，那么一切皆是实在的——如果不存在某物，那就不存在任何事物。多样性退化，将一切归结为按等级排列的表象，这意味着没有否定的勇气。生命的理论距离和眷恋生命的情感病，导致我们在寻求不同等级的不现实问题的答案时摇摆不定，思想上是非不分，进退失据。

悖论状态表明存在的本质的不确定性。所有的事物都并非已经确定。无论作为现实状态抑或作为理论形式——悖论来源于未完成态。它天马行空，或把天堂炸为灰烬。

偶然性——必然性沙漠中暴君的绿洲——只有通过悖论的躁动引入的流动性干预才能感知理性的各种形式。它如果不是理性中魔鬼般的突然爆发、逻辑中的血液输入和一切形式的痛苦，又是什么？

这难道是神秘主义者没有解决任何问题，却理解一切的最重要征兆吗？悖论在上帝周围雪崩一般暴发，以减轻对不可理解之物的恐惧。奥秘乃是悖论思维的最高表述。圣徒们自己运用了这个不确定性的工具，以"确认"神的不可解读性。

*

时间的飘忽感，虚空在其中独自微笑……

＊

伤感——时间变幻的朦胧光环。

＊

魔鬼的存在时时刻刻上升到事件的庄严地位。行动——精神的死亡——源于撒旦的原则,以至我们挣扎着,始终觉得有什么罪孽需要救赎。与其他任何事情相比,政治活动其实更是一种下意识的赎罪。

＊

对于时间的敏感性源于缺乏生活在现时的能力。你每时每刻察觉光阴的无情运动,改变着生活的即时态势。你不复生活在时间之*中*,而是与之平行。

作为一个有生命的存在,你是时间,你与之共生,与之共死,毫不迟疑,毫不痛苦。完全健康在时间的内化中实现,而病态则是与时间的分离。你越是敏锐地感知时间,就越深地陷入机体的不和谐状态之中。

很自然,过去消失在现时的实在性之中,包罗和融化在其中。懊悔——时间的紧迫性、与现时分离的表现——将过去离析为现实,通过一种名副其实的倒退的眼光给它注入生命力。因为,在懊悔中,过去保持着某种潜能的品格。无可挽回之物转化为潜在性。

当你不断得知毁灭的动因是时间,在这种意识周围形成的感情,试图从四面八方挽救它。预言乃是未来的现实化,正如懊悔乃是过去的现实化。我们不能具有在*现时*的实感,就将过去和未来转化为*现时*,以至时间的现实不存在性使我们可以轻松接受时间的无限性。

患病意味着生活在意识到*的*现时中,那是一种自身半透明的现时,因为害怕过去和未来,害怕过去发生过的和未来将发生的事情,这种恐惧将瞬间膨胀为时间的无限广度。

一个能天真地生活的病人，或并非是一个真正的病人，因为你可能被癌入侵，只要你不惧结局（向我们奔来的未来，而不是我们朝它跑去的未来），那么就是健康人。各种疾病均不存在，只有患病的意识始终与恶性膨胀的时间感为伴。

有时，我们会试图触摸时间，但由于投射在物质外形中的强度过大，在指缝间把它漏掉，蹉跎光阴，不是吗？或者在另外一些时候，我们会感觉到时间如轻拂过发丝的一阵微风，它在寻找一个栖身之所？有人身心比时间更加疲惫，却或许不会拒绝给予它庇护……

※

恶，抛开了原来的与世无争，将时间用作自己的化名。

※

人们建造了天堂，从万代的"精华"中过滤出不朽。同样的方法应用于时间秩序，给我们造成心智的痛苦。因为，说实在的，这种不朽若不是时间的"精华"，又是什么？

※

子夜过后，你的思维仿佛失去了生命，或者——在最好的情况下——仿佛不复是*你自己*的思维。你变成沉默、习惯或者虚空的一个简单工具。你觉得自己可悲，不知道这一切正在通过你呼吸吐纳。你是各种蒙昧力量构成的一个阴谋的牺牲品，因为单独一个人不可能产生自己容纳不了的悲哀。我们所经历的一切莫不具有外在的根源，无论是快乐抑或痛苦。神秘主义者将心迷神醉的极度快乐的溢出与上帝联系起来，因为他们不能承认个人的一隅之见能够如此完美。悲哀与其他一切就是这样发生的。你只是一个个体，却背负着全部*孤独*。

※

当一切矿物化时，怀旧变成了几何体，岩石面对心灵迷梦的固化仿佛在流动，两者色彩的差异比群山更绮丽。于是，除了颤抖和好似被踩在脚下的野狗的目光，以及一只上个世纪的破旧老钟——一个疯狂头脑的靠垫之外，你不再需要其他任何东西。

※

我在雾中散步，每每发现自己更加轻快。阳光使你外化，因为它向你展现了世界，将你与世界的种种欺诈捆绑在一起。然而，雾是痛苦的色彩。

※

怜悯的冲动，其前提乃是心灵的普遍脆弱状态。你害怕身陷一切事物，融入其中。怜悯是直觉认识的一种病态形式。尽管如此，不能将它归入疾病之列，它是一种极度虚弱……急转直下的衰弱。你正沿着自己孤独的方向坠落。

※

白夜——独特的*黑夜*——使你成为一个名副其实的潜水员。下潜，向着无底的深渊下潜……富有音乐感地向着时间的源头无限深潜，但这依然是一种不完美的享受。因为，我们只有*跃出*时间，才能触及它的边际，但我们不能从外部进行这种飞跃；我们感知它的边际，但并非通过实验。时间一旦停止，就变成非现实的东西，剥夺了它作为无限的暗示——白夜的氛围。

睡眠除了遗忘时间，遗忘在睡梦中窥视的魔鬼幽灵之外，没有其他作用。

＊

在教堂里，我常常想：如果没有信徒，宗教或许并不是什么了不得的大事，而只是管风琴向我们诉说上帝的信仰焦虑。

＊

哲学的平庸表现为只能在低温中进行构思。当你控制得住狂热时，就能将种种想法安排得如玩偶一般；你从中引出一连串理念，而公众不会拒绝幻想。但你一旦将自己的任何判断视为一场火灾或者船舶失事，一旦心境如同蔓延向海平线的烈火一样的浩劫——那么你就会冲决思维的闸门，涌出被内心如疯癫般的烈焰烧得迷乱的思绪。

＊

我若知道自己曾经有一次为世人感到悲哀，或会羞愧得放下武器。尽管他们时而可爱，时而讨厌，却始终令人同情，但仅限于悲天悯人的，则是一种卑下之举。拥抱众生的宽宏大量的神圣时刻，则是罕见的感悟，真正的"天赐"。

人们的爱，乃是一种重大而又奇怪的毛病，因为它得不到现实中的任何一个因素支持。至今没有过一个人们热爱的心理学家，而且肯定永远也不会有。认识并非朝着人道的方向前进——但存在神志停转、认识休息、无情的眼睛发生病变的时刻，促使心理学家坠入泛爱的奇怪心态。那时，他或许想躺在马路中间，亲吻众生的脚掌，对商人和乞丐一视同仁，为他们解带脱鞋，在众生的伤口和血流中爬行，用鸽子的翅膀掩饰罪犯的目光——试图充当前无古人后无来者的充满爱心之人！

人们的认识和厌恶，不管是出于善心或者恶意，正使心理学家成为他视若行尸走肉的芸芸众生的牺牲品。因为，对于心理学家来说，任何的爱皆是救赎——默默无闻的人们正在你心中死去；你蔑视的无辜受害者，正在你心底腐烂。这整座坟墓在爱的梦呓中，在你的救赎的痉挛中获得生命！

*

崇高作为视死如归的溢美之词，乃是不可公度的。大海、放弃、群山和管风琴——模式各不相同，含义毕竟相同——则是对生命终结的加冕，表明生命虽然在时间中消耗殆尽，它的终结却并非是自身的毁灭。因为，崇高是永恒之物的*暂时危机*。

以耶稣为典范的崇高，来源自"永恒"在时间中踯躅，"永恒"的不可估量的退化。但是，以证明救世主存在为*目标*的一切论说，弱化了崇高观念，排除了种种伦理幻想。如果救世主主动下凡，来拯救我们，那么他只能在我们从审美的视角品味他的伦理姿态限度内关注我们。反之，如果他在我们中间路过只是"永恒"的一个错误，"完美"的下意识的死亡体验，"绝对"的即时救赎，那么这种虚张声势的浩大举动是否还能在崇高的标志下升华？——但愿美学还能拯救作为"永恒"象征的十字架。

*

没有比你自以为曾经是一个哲学家更快乐——尽管你现在不是哲学家。

感到痛苦，意味着冥思一种痛苦的感觉：充当哲学家——对这种冥思进行苦想。

痛苦乃是概念的废墟，对任何形式感到恐惧的感觉的崩塌。

哲学中的一切皆是二手货，三手货……没有任何*直接*的东西。哲学是从派生物中构建起来的一个体系，因为它本身即是顶级派生物。而哲学家充其量也只是一个二手天才，仅此而已。

＊

我们不能对自己如此大方,以至不珍惜我们获得的自由。如果我们不给自己设防,那么每一个瞬间无非只是苟且偷生!我们之所以依然感到自己的存在,只是因为我们具有自身局限性观念。难道不是屡屡发生这样的情况吗?对于曾经有过的个性化的可怜回忆,自己个性的残缺不全……我们仿佛是在没有身份认同的大自然中寻找自己名称的一件物品——人是被创造出来的——像所有的生物一样,是依据某些感觉的尺度创造出来的。然而,发生了这些感觉不再按正常的顺序彼此交替的情况,从而完全陷入原始的冲动,蜂拥在"自我"这条因自满而沉没的沉舟的周围。如此,哪里还有意识这个*虚空斑点*的容身之地?

＊

莎士比亚作品中存在那么多的罪和诗,仿佛他的戏剧由一枝精神错乱的玫瑰孕育,一气呵成。

＊

不管有多少痛苦出现在我们心间,都不可能严重得使我们不顾他人的痛苦。这说明为什么阅读法国道学家们的著作能久久给人以慰藉。这些道学家始终懂得不同于芸芸众生的独特的人意味着什么,世界上一切具有独特性的东西都是珍贵的。甚至连帕斯卡①也不能免俗而超脱他作为远离社会的独特者的地位。区区痛苦无足挂齿,但愿我们只记得大智慧——在法国人和上帝之间,永远隔着沙龙。

---

① 帕斯卡(1623—1662),法国数学家、物理学家,近代概率论的奠基者,又是笃信宗教的哲学家和散文大师。

✳

　　有两件东西不停地使我充满形而上的歇斯底里：一只停摆的钟和一只走着的钟。

✳

　　你越是不关注他人，就变得越是怯于面对他们，而当你进而藐视他们时，说话就开始使人嗫嚅口吃。——造化弄人，不允许你跨越天赋本性一步，监视着你的一切傲慢行径，在上面布满悔恨的荆棘。否则如何解释伴随僭越人身份的任何得意凯歌而来的，乃是相应的懊恼？

　　怯懦使人效仿植物内在的某种冷漠，而这种冷漠气质本身激发出一种逆来顺受的伤感，那或是植物世界所固有的。我只有在自己不怯懦时，才珍爱百合花。

✳

　　假使痛苦不是一个认识的工具，那么自杀或是必然的。而生活本身——以及它令人心碎的种种徒劳之举，它的残忍的兽性，将我们拖入歧途，为的是把我们时时吊死在某个所谓真理上，如此人生若不是一幕独一无二的认识*正剧*，有谁能够忍受？我们面对种种精神历险，*频频*以尚无一个终极真理作为辩解，聊以自慰。

　　任何错误都是一个*过去的*真理。但不存在一个起始，因为在真理与错误之间，距离只是凭脉搏，凭内心的律动或神秘的节律来衡量。所以，错误是一个不再有灵魂的真理，一个精力衰竭而等待重新赋予活力的真理。

　　真理是在心理上，而非形式上死亡；它们保持着自己的有效性，继续着形式的非存活状态，尽管或许不再对任何人有用。

　　它们内在的全部活力在实践中逐渐消磨，形式的永恒性将它们置于一个范畴的空壳里。

对于每一个人来说，似乎都"掌握着"某个真理？犹如脚上的一双皮靴，仅此而已。只有乞丐从来不换鞋。但是随着生命的延续，你必须不断地变换角色，因为一个存在的完满性是根据积累的错误的数目，以及过时真理的数量来衡量的。

*

我们所知的事物中，没有任何东西无须付出代价。任何悖论，任何勇敢的思想或者大胆的精神，我们无不或迟或早需为此付出高昂的代价。这种随着认识的任何进步而来的惩罚，或是一种诡异的魔咒。揭破了覆盖天性的潜意识面纱？你将为此付出代价，陷入意想不到其根源的悲哀。冒出了一个充满颠覆性和威胁性的想法？随之而来的是一连串不眠之夜，思绪演化，满心悔恨。你向上帝提出了太多太多的问题？那么，你自己因此不由得背上得不到答案的万千疑问的包袱，又有什么可惊讶呢？！

认识通过意识，间接地成为一个宗教活动。

我们乐于为精神进行救赎，尽管不可避免地以完全放弃告终。为何对认识进行消毒是不可能的？因为不习惯于小剂量用药的机体要求：将反射活动变成一种反思。于是，对精神的无限渴求发现自己必须付出与救赎等值的代价。

*

唯美崇拜无异于崇拜某种微妙的怯懦，崇拜某种精巧的逃避。难道为了避免打扰自己的生活，你不爱美吗？在一首奏鸣曲或者一幅风景画的印象下，我们带着痛并快乐的微笑，带着遐想的优越感的微笑，远离生活。从唯美这个中心出发，一切皆在我们身后，我们只能转过身去回眸生活。任何谋求私利而与生存现实无关的激情，都会使心脏跳动减速。确实，心脏这个时间器官，还能在回忆作为美的"永恒"中有什么作为？！

不属于时间的器官,维持着我们的呼吸。"永恒"的影子在美景的启迪下,每每爱好孤独,总是打断我们的气息吐纳。仿佛我们呼出的雾气或会污染大理石雕像!

*

当我想触及的一切事物或将变得悲情时,当对着天空的悄悄一瞥或将使它染上忧郁的色彩时,当我周围或不存在无泪的眼睛,而我在大街上如同在荆棘丛中焦虑地踯躅,阳光或许会融化我的脚印,然后沉湎于痛苦时,我或有权骄傲地肯定生活。任何赞同或有无限痛苦作为证明,任何快乐或自有悲情作为支撑。从并非十足的恶、痛苦和悲情中得出独断的结论,是丑恶和卑鄙的。乐观主义是精神蜕化的面貌,因为它并非从狂热、巅峰和沉醉出发。一种并非从生活的阴影中提炼出活力的激情,也是如此。在痰液、垃圾、胡同的无人问津的泥泞中,隐藏着比在温情和理性的生活享乐中更清洁和更富有成果的无穷源泉。我们有足够多的错误,可以帮助我们进而上升到真理;有足够多的错误,可以忍受雨、雪和风的考验,经历日暮和日出。难道星星不是正在侵入我们的血液,觅求重新闪闪发光吗?

*

阳光下没有我容身之处,连我的影子也容纳不了,因为空间在流浪的热潮和猛烈的奔跑中汽化了。你要留在某处,要在世界上有自己的"地方",就必须实现立足于空间某个点的奇迹,不被悲情压弯腰。当你待在某个地方时,除了思念其他地方,别无作为,以至思乡怀旧之情有机地生长着,发挥着营养的功能。就精神象征而言,获取他物的欲望变成天性。

思乡怀旧作为渴求空间的表现,以抛弃空间告终。只容忍"绝对"的狂热者,不需要这种在广度上的横向滑动。修士们的不变存在,具有自在的源头——将这种永恒渴求其他场所和其他遥远空间的朦胧欲望垂直导向天庭。宗教的热情并不期待空间的慰藉，不仅如此，这种热情的强度只保持在将空间当作衰变限度的范围内。

若无处不忍受痛苦，那么你还能援引其他什么理由来支持流浪吗？当思乡怀旧的暗蓝色调弃你而去时，还有什么东西把你同空间联结起来？

✳

如果人不懂得把肉欲的呓语引入孤独——黑暗或早就变成光明。

在一个无名的坟墓里，最恐怖的变态，乃是一个凄凉的圣像因为你所在之地的荒凉，从空中或地下突然发出呐喊，揭示你是多么孤独。

你或从来没有*任何人*可以诉说任何事情！只有*物*，没有一个人。孤独的压迫感只有在感觉到自己被同它们无话可说的毫无气息的物围绕着时，才离去。

既非出于狂妄，亦非出于犬儒主义，第欧根尼大白天提着马灯到处找人。我们很清楚那是出于孤独……

✳

当你不能集中思想，沮丧地屈服于它们耀眼的银光——犹如水蒸气连同整个世界和你自己一起消散时，犹如在退潮的海边谛听着书写在另一个生命中的自己记忆的朗读……如果没有任何地方开放边界，思想奔向何方？冰川融化在血管里？那么你处在哪个血液和精神季节？

你还是你自己吗？出于身不由己的恐惧，你的太阳穴难道不突突地剧烈跳动吗？你是他者，*他者*……

……眼睛茫然望着另一人，沉浸在绿茵纯洁的伤感中。

✳

对于任何事情——首先是孤独——必须*同时*进行正反两方面的思考。

# 二

没有悲伤，我们或许不会同时感悟到肉体和精神？生理与认识在其本质的模糊性中交汇，以至你觉得任何时候都比不上悲伤时刻那样强烈地意识到自己的*存在和心神合一*。悲伤——像意识一样——乃是与世界分离的一个动因，一个异在的因素。然而，我们越是远离一切，就越是更紧密地与自己合一。严肃——没有情感强烈色彩的悲伤——使我们只感知理性过程，因为它的中性特征缺乏与精神的战栗相伴的脏腑反复震动的深度。一个严肃的人如同一个具备人的身份的动物。思维的机制瞬间停止运转，他觉察不到重新变作动物，即人类的前身是多么轻而易举。但失去了悲伤所带有的反思，你将变得愚不可及，连动物界也不可能接纳你。

严肃地对待事物，意味着患得患失而不参与其事；悲剧性地看待它们——担忧它们的命运。在严肃与悲剧（作为情节的悲伤）之间，存在着比一个官员与一个英雄之间更大的差异——哲学家是"绝对"的愚蠢的代言人，从我们的苦恼的付出中获取报酬。他们将*严肃地看待世界*变作自己的职业。

悲伤——就其原初的形式而言——乃是物质的一种天赋。*没有思维的原初灵感*。肉体克服了自身生存状态的障碍，试图进行"高级的"参与，而在悲伤的反思形式中，这个参与过程得到通过血管溢出的精神的充实，从而显示出我们自身的机体是多么完美。

悲伤夺走了我们的思维，又重赋予我们新的思维，乃是我们的思维一种本质上的个性化，不同于幸福的笼统的整体传播。

*

在怜悯的"豪情"中，表现出受到下流举止、卑鄙勾当和恶俗行为吸引的某种神秘心态。与怜悯"审美趣味"这个具有雅致的实用外貌的恶之花相比，任何丑陋的巨魔都是完美之物。

在大自然的一堆污迹和偏差中，或者在智力的邪恶的变异中，你们或许都找不到比怜悯更阴暗和烦人的虚伪造作。没有任何东西比怜悯的"豪情"更强烈地促使我们背离美。或许还远不止于背离美！这个恶习的种种隐蔽品性引导我们背弃自己的基本使命，将并非源自毁灭感的情趣或者泥沼和腐烂垃圾——怜悯的用武之地及其获得恶魔般快感的遁词的一切——视为道德堕落。

没有任何一门病理学研究过它，因为那是一种*做作的*病症，而科学始终只为真正的疾病服务。有谁深究内心的紊乱，深究人们的邪恶之爱的苦难——或还能向一个心怀怜悯之情的人伸出援手？

*

思想家的作用在于翻检生活的方方面面，投射出生活的各种面貌的细节，不断地揭示生活的隐秘，上下求索生活之路，数千次地注视同一个侧面，只在他曾经不解的难题中发现*新事物*，检索同一些话题的一切细枝末节，切实做到身心合———彻底思考生活，揭破生活的面纱。

*

只有一面破碎的镜子的残片才能为我们重现生活的独特偶像，这对于存在种种缺陷的生活中的莫名烦恼，难道不是很有启发性吗？

*

在觉察人们不能给你提供任何东西之后，你却依然同他们见面，如同你清算了任何迷信，却依然相信神灵鬼怪一样。上帝为了迫使孤独者们卑怯认命，创造了微笑：处女的贫血的和透明的微笑、迷茫的女人的具体和直接的微笑、老人的令人感动的微笑和垂死者的不可抗拒的微笑。尽管如此，这恰恰证明人是必定会死的，就像微笑这种昙花一现似的忧伤的暧昧表情一样。有多少次我们强颜微笑，恰如生离死别的最后一面一般，这样的微笑难道不像是涂上了香料的个人遗嘱？脸颊和嘴唇的颤抖的光、眼睛的庄重湿雾将生活转化为一个海港，轮船驶向广阔的大海，却没有目的地，乘客不是活生生的人，而是消亡者。生活若不是消亡者的居所，那么又是什么？

　　有多少次一个微笑使我酸楚难忍，怀着无可弥补的沉重心情掉过头去，因为没有任何东西比发现这个表面的幸福象征却是正在等待着人类的废墟更加可怕，它是向一颗已经被满布落叶的心发出的人生短暂的信号，传递得比临终前经典的呼呼噜噜的喘息声更早——有多少次有人对我微笑，我在他发光的额头上解读到了最终的呼唤："走近一点，看清楚我也是一个将死之人！"——或者当黑夜蒙住了我的眼睛时，微笑的声音在我的渴望不平静的耳旁飘荡："看着我，这是最后一次！"

　　……因此，微笑使你忍住身后的孤独，尽管你不再关注同伴们的呼吸和腐烂气息，却依然转身走向他们，去品味他们的秘密，淹没在他们的秘密之中。而他们并不知道，不知道有多少困难来自短暂的生命，有多少大海大洋需要面对。而多少次遭遇海难时，他们的微笑的下意识和改变不了的骚动正在向我们呼唤，去直面生死的考验。他们对你敞开心扉，而你也打开了微笑的闸门，怀着内心的战栗和痛苦！

*

　　每一个真理的萌芽都好似将我们的血肉之躯放进压榨机里。每当我们思考之时，都是在压榨自己的生命，所以真正的思想家或许只是一具空壳，他的骨头藏进了……思想的透明体之中。

✤

苍白乃是思想在人脸上映现的颜色。

✤

命运只存在于行动之中，因为只有通过行动，你才能冒险去做一切，虽然不知将有什么结局。政治——在人身所体现的历史因素达到极致的意义上——则是宿命的空间，进化的建设性和破坏性力量的完全丧失。

你也在孤独中冒险去做一切，但在这里由于你很清楚将发生什么，头脑的清醒减轻了命运的非理性。你预想着自己的生活，将命运视为无须吃惊的必然，唯其如此，孤独如果不是超清醒的宿命观，生命盲动中的最明朗的亮点，那么又是什么？

政治家抛弃意识，孤独者天马行空。前者食言而肥（这就是政治），后者寻觅遗忘（这就是孤独）。

意识的哲学只能在遗忘的哲学中完成。

✤

一个毕生头脑清醒的人将成为绝望的典范。

✤

目光投向某个凝视目标的女人，构成一幅罕见的风俗画。相反，她那伤感的眼睛呼唤你去摧毁隔阂的空间，而那双伤感而散发着淡淡幽香的眼睛，却在满足你对这个不可触摸的尤物的渴望，使你再难自持。那双眼睛没有透露任何信息，而你或应该在它们面前消失，以免垂涎欲滴的占有意念玷污它们的无限之美。伤感的纯洁目光乃是一种最奇异的表达方式，那个女人以此说服我们，相信她曾经是我们在天堂的同伴。

*

　　伤感是一种不需要上帝的宗教,无须彼岸吸引下的出世,迷恋天空表象的狂热,或者毋宁说是对天空象征的无知。它可以抛开上帝,尽管具备接近上帝的初始条件,这种可能性使它转变为一种精神上的享乐,满足于自身的成长及反复出现的狂热。因为,伤感是神话中的自我满足却不开花结果的审美梦呓。你或许在伤感中找不到与摇篮中的美梦不同的任何东西,因为在它飘渺地消散的过程中不会产生任何景象。

　　伤感是女人身上的美德,却是男人身上的罪孽。这说明为什么男人们将它用于认识……

*

　　在女人的某些微笑中存在着使你动心的柔情默许。她们在种种日常烦恼的背景下筑巢和生育,实施着隐蔽的监控。女人们——像音乐一样——应该生活在朦胧的感性之中,从而将表达柔情蜜意的借口放大到令人晕厥。在一个脸色苍白的超凡脱俗的金发女郎面前,当你谈到恐惧,谈到发自内心的恐惧本身时,她低垂下眼睑,用这个姿态来代替言语的赞同,她的疲惫和苦涩的微笑在你的血肉中翻滚,在你心底的回响中延伸着她精神的痛苦。

*

　　微笑无论对于分享者抑或接受者都是一种令人快乐的负担。一颗受到伤害的柔弱的心很难因为一个柔情的微笑而痊愈。同样,你也不能依据一些人的目光决定任何事情。

*

　　一片在空气中飘荡的羽毛构成一个沮丧的画面,比一具尸体更令人心碎和更具象征意义。同样，一种特殊的香气比公墓更使我们悲伤，而消化不良——则是比一个哲学家更善于思考的思想家。在我们迷失的一个大城市中，给我们指路的一个乞丐的手，或远比一座大教堂有效得多地促使我们皈依宗教，成为信徒，难道不是这样吗？

*

你开始担忧人生，早在阅读哲学家们的高论之前。在疲倦时刻，你注视着一位老人的面孔，困苦、希望和幻觉加深的一道道犁沟般的皱纹正在变黑和消失，在"脸面"艰难地将其隐藏的阴暗底色中仿佛没有留下印记，那是掩盖痛苦深渊的一个不完美的面具。在每条皱纹里，仿佛聚集着时间，而未来的希望被蒙上了一片片锈斑，时光已经老化。时间难道不正挂在这老年纹上？每一条皱纹难道不是一具时间的尸体？人们的脸被时间的恶魔用作人生碌碌的证明。有谁能在人生的黄昏时分安详地细看老人的面孔？

当你没有《圣经》中的《传道书》可以随手翻阅时，垂眼去看一位老人，他的脸——他自己或许也感到完全陌生——将比先知们教会你更多的东西。因为，那些皱纹比一部呕心沥血的著作更无情地揭示了时光的作用。当随处可见的开放的老年的景色，作为一部核定的教科书和一份不准上诉的判决，在世界各个角落供你阅读时，你哪里还能找得到更贴切的词汇来描绘时光一刻不停的侵蚀？

*

孩子在祖父母怀里淘气，难道不正是时光本能的恶作剧吗？有谁在一个老人的吻中感受不到时光的无限无情？

*

大家都远离我，视若另类。

＊

　　如果我像一个疯子一样奔跑着寻找自我，有谁会对我说，我将永远无须出门上路？我将在世界的何处广场上游荡？我去播放光明之声的地方寻找自我……因为，如果我没有记错，除了光明的乐曲，难道我还爱过其他东西吗？

＊

　　有谁不是在每次痛苦之后觉得月亮变得更加苍白，阳光变得更加羞怯，而时光在祈求谅解，瘸着腿放慢了速度——尽管它并无孤独的宇宙基础。

＊

　　生存的挫折使你自怨自艾，只需甩出诸如忘记、不幸、分手等狠话，就足以使你在一阵死亡的痉挛中土崩瓦解。于是，为了活下来，你冒险去做或许不可能做到的事情：接受生活。

＊

　　独自心怀全部的爱，背负着无尽的卿卿我我的情意包袱——这就是不幸失恋的精神意义，所以自杀并非是人怯懦的证明，而是爱的种种非人道维度的证明。如果不借助于对于女人理论上的蔑视来消除爱情的折磨，那么所有的情郎或许至今都会自杀。但是，他们懂得何为女人，明智地在那不可忍受的熊熊烈焰中引入了一个庸俗的因子。失恋的不幸在强度上远超过最虔诚的宗教狂热。确实，它并没有建造教堂，但竖起了坟墓，遍地的坟墓。

＊

　　爱？但请看每一道阳光怎样埋葬在一滴泪水中，这颗光芒万丈的星辰仿佛是从神明的号啕大哭中降生的！

※

不幸乃是最佳的诗意状态。

※

动物能够感受失恋的不幸，就此而言，它们与人性相通。为什么我们不承认，狗湿漉漉的目光，或者驴逆来顺受的温顺，有时难道不是表达无言的遗憾？在动物的情爱中存在着某种阴郁和原始的东西，所以使我们如此排斥。

文学是一个确凿的证据，说明我们觉得植物比动物更加亲近。诗大多只是对于花朵生命的评论，而音乐则是人对植物旋律蹩脚的模仿。

任何花朵都能充当不幸失恋的场景。这说明我们为什么对它们亲近。何况，任何一个动物都不能成为短命的象征，而花朵却是短命的直接表现，朝生暮死的不可重复的审美对象。

※

在生死关头，每个人怎么办？救赎自己。

※

我或许只能爱一个不幸失恋的聪明人……

※

大都市之所以变得如此悲惨，盖因每个人都想幸福，但机会随着欲望的膨胀而下降。寻找幸福表明与天堂的距离，人类的失败程度。那么，我们还会惊异为什么号称"人间天堂"的巴黎是离上苍的天堂——"巴拉迪斯"的最远点吗？

*

即使你或能将整座图书馆吞下，却至多也不会找到三四个值得阅读和再读的作者。这类佼佼者乃是一些天才的文盲，他们应该得到赞赏，需要时也应该加以学习，但实际上他们没有告诉我们任何东西。我希望自己能够像一个用最精致的第欧根尼主义装饰起来的屠夫一样，单刀直入地介入人类精神史。试问，我们还要放任这些一无所知的创作者——小有天赋而缺乏经历过幸福和不幸的成熟感的厚颜无耻的宠儿们恣意妄为到几时？一个没有生活根基的天才，不论有多少表达的才能，只能供人在无聊时刻玩赏。你一想到至今具有真才实学和完美的人才何等罕见，顿觉不胜可怕。而何谓完美的人才？何谓真才实学？——在人生的黄昏依然保持对生活的渴望……

*

有些人觉得犯罪的冲动只是为了尝试具有**强烈刺激性**的生活，所以生命的病态的否定同时又是生命的礼赞。

如果血是热的，罪犯还会存在吗？破坏性的冲动觅求一种内心冷漠的药物，但我怀疑，若没有一种鲜红的、令人眩晕的狂热潜在，下一次能否有人会将匕首刺进一个人的躯体。鲜血散发出令人晕厥的热雾，刺客期望在热雾中缓解冰冷的寒战。柔情化解不了的孤独产生犯罪，所以试图从深层消灭罪恶的任何道德只需关注一个问题：我们应该给予孤独——这种走向毁灭和瓦解的心态一个什么样的*出路*。

*

有人或有机会能找到适当的话语，来描述最大的快乐与最大的痛苦在同一时刻大量混合在一起的战栗？或者有一种灵感来源自这个世界的每天的晨曦和落日的音乐，把一个宇宙的体验者的幸福和不幸的感觉传导给其他人？经受大风大浪吹打，岩石撞击，黑暗召唤的一个海事遇难者，或许会把太阳抱在怀里！落水者随着胸中的生命源泉漂流着，紧紧抱住生死攸关的阳光，与它一起淹没在浪涛中，因为海底永远期待阳光和它的掘墓人。

*

离了反复使用同样的形容词，就不可能有人们之间——更普遍说则是社会的——交往。如果通过法律加以禁止，你们或会看到人作为社会性动物的特性将降低到何种程度。对话、互访、会面将立即消失，社会将退化到只有利害的机械关系。思想的惰性导致形容词自动机的诞生，同样的定语将适用于上帝或者一把扫帚。昨日，上帝是无限；今天，则是怪物。（每个国家都有自己的思维空洞的表述）——如果你们禁止日常的形容词，那么亚里士多德的著名定义也就寿终正寝。

*

古代哲学家与现代哲学家之间的差别不但令人震惊，而且对后者颇为不利，做出这样判断的依据是现代哲学家在办公室和办公桌上研究哲学，而古代哲学家则在花园、广场或者天知道什么地方的海滨研究哲学。而且，古代人比较散漫，很多时候躺着，因为他们很清楚灵感来自横向。因此，他们等待思想，而现代人则通过阅读进行激发，硬挤出思想，给人的印象似乎没有一个人曾品味过毫无负担的冥想的快乐，而且他们以实业家的才干组织观念。他们是上帝身边的工程师。

许多通灵术士无不因为他们身旁有一张沙发床可以躺着，才发现了"上帝"。

*

生活的每一种姿态都别有洞天。哲学家们想象着另一个世界，因为他们通常是驼背，看够了这个世界。

*

在半昏暗处照镜子，有谁不觉得遇见了一个从自己心里生出来的自杀鬼魂？

*

有人完全排斥"人生即荒诞"之说，根本不懂得这种学说从什么样的悲剧出发，带有多少隐蔽的毒素，隐藏着多少痛彻心扉的忧伤，又存在多少因内心孤独而残缺不全却颇有欺骗性的思辨，你会爱这样的人吗？

荒诞乃是一个错误的休眠，一个悖论的戏剧性失败。精神的热度只能通过这些逻辑推理的葬礼——荒诞表述的丰富性来衡量。

一般人对荒诞表述总是唯恐躲之不及，尽管从它们的珍贵变异中，人们感知了某种启发，却不可能认为它们比无所作为的四平八稳的推理和理性的有害平静更加可取。

*

我常常想到死亡，觉得自己很快就会离世。但我不能熄灭，虽然明知自己将会熄灭；我不能消亡，虽然明知自己将会消亡……始终正在走向消亡、熄灭和死亡。

*

人生犹如一只飞蛾扑火自杀一样轻飘和可悲。

*

长生不老乃是死对于生的让步。但我们十分清楚，死不会做出让步……因为，给你一条命或许已经够慷慨了……

＊

  解决每个问题都需要你有不同的热情。只有不幸能适应任何温度……

＊

  愿大家都感到快乐，没有人看到羽毛也是墓石！那是回光返照的垂死激情……

＊

  个人的品德在不再悲伤的决定中达到顶峰。

  心魔乘虚而入的悲伤，乃是道德的间接失败。当恶与善对峙时，它作为负能量跻身于伦理价值之列，但当它赢得独立性并自动躺下，不再在同善的斗争中肯定自己时，实现了魔化。悲伤是恶的独立性和伦理沦丧的表象之一。如果说善表达生命的纯洁性的冲力，那么悲伤则是善的抹不掉的阴影。

＊

  精神的创造是生命不可承受之重的一个指标。英雄主义亦是如此。

＊

  伤感是利己主义的梦想状态。

＊

  若不存在不幸中的某种神秘的快感，我们或许会把女人们领到屠宰场去分娩。

*

对一个敏感的心灵说：*离别*，那么你就唤醒了他心中的诗人。同样的话对一个普通人说，不会激发出任何东西。不仅是离别，而且任何话语都是如此。人与人之间的差别是依据话语的情感共鸣来衡量的。有些人听见一句无关紧要的话就悲痛欲绝，神情恍惚，而另一些人面对前功尽弃的失败考验依然冷静自若。对于前者来说，词典里没有一个词不暗藏着痛苦，而对于后者来说，语汇中根本没有痛苦这个词。能够将头脑转向——任何时候——忧思的人太少太少。

*

无论怎么将各种疾病与我们的体质联系起来，我们也不可能不把两者分离开，不可能不寻找外在的、不相干的、无效的病因。因此，当我们谈论一个病人时，断言他的病是命运作祟，命运在他初始的认同性中就额外引入了一种不治之症。在我们面前，他始终带着自己的病——保持着相对的独立性和客观性的病态。但是，很难将伤感与人分开！因为，伤感是严重的主观病，与心神不宁者不可分离，紧紧附着他，直至合二为一，因此是不可治愈的。真是无药可救吗？确实如此。那么我们应该借助*自我*来治疗。怀念伤感幻想中的*他物*，无非是思念另一个自我，但我们在风景、远方、音乐中去寻找这个自我，不自觉地陷身于一个深得多的深渊。我们永远对自己不满意，从而抛弃我们新的自我，因为这种冠着我们的名字，我们身陷其中、身不由己的疾病没有出路。

*

我不相信上帝用我们的肋骨创造了夏娃，若果真如此，我们或应该在床上之外的其他地方同她相知。但是，说实话，这是否也是欺人之谈？我们虽然身处横向的身份认同类似的关系，彼此难道不是很疏远陌生吗？否则，你怎么会在烦恼时刻，克制不住莫名的冲动，在老旧的旅馆里倒在茫然不知所措的女人胸前，神秘地大放悲声，号啕痛哭呢？

我们搂抱女人与其说是出于本能，毋宁说是出于害怕空虚。或许是觉得她就是这种恐惧的造物。出于怕亚当孤独寂寞，上帝造出了夏娃，而孤独的寒战常常侵袭着我们，所以我们提供给造物主一根"肋骨"，为的是在我们的骨头中诞生的女人身上吮吸自己的寂寞。

贞洁是拒绝认识。禁欲主义者如果对于"诱惑"的恐惧排除不了他们隐藏在内心深处的性欲，或能在女人的身边满足稍解寂寞的愿望。在一个物欲横流的世界里的恐惧，唤醒对女人的致命欲望，她本身也是物，我们精神空虚的痛苦赋予她灵与肉的物。

*

精神正在全面升华的一个人，不再可能产生伤感，因为他不能再随波逐流，听任反复无常的感情起伏。精神意味着反抗，而伤感比其他任何情感更强烈地要求对心灵、对感情的原始骚动，对情绪的失控放弃反抗。我们心中控制不住的一切，困惑，由梦想和愚昧构成的非理性，机体的缺陷和迷人的愿望，就像损害天使们的纯洁性的音乐爆发一样，使我们蔑视纯洁的百合花——凡此种种构成心灵的原始区。伤感在这里，在这些缺陷的诗篇中找到了家。

当你以为自己远离世界时，伤感的轻风表明贴近精神是你的幻觉。心灵的活力把你向下拉去，强迫你沉入原始的深渊，去重新认识自己的本源——抽象空间及其不可遮蔽的清晰性将你与之分隔开的原生态。

伤感乃是通过生活手段，而不是精神手段与世界分隔的距离；是越出神经内在组织的潜逃。经过对精神的不断呼唤，男人们为自己增加了一种反思能力，这是我们在女人身上见不到的，她们永远反抗不了自己的心灵，在心血来潮的伤感中沉浮挣扎。

※

对于*纯洁时代*——经过变革净化却并非意味着永恒不变的时代的需要……"过去"变得轻飘稀薄，时间性*自身*在不断增长，非"流失"的时代……对于流动性的倾心爱慕，并非只是瞬间的时间的完美性……你沉入一种没有维度和类同空气性质的时间中，我们的心不能拉动它倒转，无论是不可逆转性抑或不可改变性，都没有使它受到污染或伤害……

……我开始猜想它是用什么办法潜入天堂的。

※

凡是没有感知永恒性器官的人，无不将它视为时间性的另一种形式，所以构建了在他们*自身*之外流逝的时间或者*垂直*的时间图像。永恒性的时间神像或是一种*向上*流动，一个个瞬间的垂直积累，从而阻止了不断滑动——走向死亡的横向移动。

时间的中止引入一个垂直的维度，但只是在这种中止行动延续的时间内。一经消耗，永恒性就将否定时间，成为一个不可简约的程序。改变自然的方向，强制将时间从通往世世代代的入口拉回来，让我们看到折断生命的任何行动也包含着时间的一种扭曲。中止时间的垂直维度乃是时间感的倒错，因为没有时间感的衰减和变质，永恒性是不可感知的。

※

疾病乃是个人本源的胜利，我们身上无名物质的失败。因此，它是个性的最有特点的现象。健康——即使是*幼年的*变形的形式——表明参与生物的匿名化，加入生物的共享乐园，而疾病则是分离性的直接根源。它改变了一个人的生存状态，它的*附着性*决定了某种单一性，脱离了自然状态。一个病人与一个健康人之间的差异大于一个健康人与任何动物之间的差异。因为，生病意味着不同于*你本原状态的*

另一种东西，迫使你接受任何可能的决定，将机遇与意外混为一谈。在正常情况下，我们掌握着自己的命运，每时每刻做出预见，生活在充满信心的安全感中。我们自由自在地相信，在某一天，某一时刻，自己将是严肃的或者快活的，没有任何东西阻碍我们专注于对任何事情的*兴趣*——在疾病所产生的意识中则完全相反。没有了任何自由的踪迹，我们不能预见任何东西，成了受机体的情绪和任性安排的痛苦奴隶。宿命感在每个汗毛孔里扩散，厌烦情绪从四肢溢出，凡此种种组成生病势在必然的神话。你永远不知道怎么办，将发生什么，什么样的灾难窥视着内心的阴影，不知将有多爱或者多恨，眼睁睁地成为失去了信心的歇斯底里情绪的牺牲品。疾病把我们与自然分隔开，反过来把我们同它——比坟墓更可恶的病态联结在一起。老天的多变迫使我们将之与人们心情的变化等同起来，湿度与相应的情绪对等，季节的变换则与该诅咒的周期性相应。通过这种方式，我们从*心理上*破译整个大自然。我们在距离大自然无限远的视角解读它的种种变幻，明显的或者隐含的偶然性，一颗变化无常的心的摆动中的物质曲线。要知道，你与世界没有任何联系，却想记录它的一切变化，这就是疾病的悖论，我们既不得不接受诡异的必然性，又试图超越自己的肉体像乞丐一样可怜的生存状态和环境，享有进行思考的自由。因为，难道我们真的不是正在向*自己*伸出手去，乞求自助，宛若在"自我"门前徘徊，试图抛弃无可救药的生活的流浪汉吗？需要为你自己做点事情，你不能停留在那种无可救药的教育上！

如若我们在病中拥有*自由*，那么医生或会成为乞丐，因为凡人能承受痛苦，而不能接受以调动令人恼火的主观能动性和不可战胜的必然性的名义进行折磨般的干预。

疾病乃是死亡爱恋生命的方式，而患者则是这种恋情演出的剧场。在任何一种痛苦中，死亡这个绝对主宰品味着来世，我们所承受的折磨无非是一种考验，是忧郁的自动缓解。所以，痛苦只是死亡的一贴"天然减压剂"。

# 三

"我的心好像是蜡,在我内脏中熔化。"(《圣经·圣咏集》第22篇)噢,主啊,在我的全身骨骸没有出现在你的脑海里之前,你还会做什么!

\*

音乐是有声的*时间*。

\*

生命与自我是两条平行线,直至死亡时才相交。

\*

每个人是他自身的乞讨者。

\*

有些人患有眩晕症,迫使他们当街依傍在树木或者墙壁上。这或许具有比哲学家乃至诗人倾向于设想的更为深刻的意义。不再能直立——背离人的自然姿势——并非源于神经紊乱或者血液的组织,而是因为人性现象的枯竭,也就是说人失去了伴随他的一切特征。你用尽了自身的人性?那么注定要抛弃人性据以界定自己的形式。你倒下了,但并非因此而倒退到动物,更有可能是,眩晕把我们摔倒在地是为了给予我们另外的发展可能。回到人类直立现象之前的姿势,这或为我们另辟蹊径，提供了另一种成长方式。通过改变我们身体的弯度，为我们开辟了另一个视野。

奇异的眩晕感随时随地侵袭你，尤其是有时候人的差距往往朝着无限的方向发展，这不仅表明精神的侵他性的呈现，而且显示我们附加于人类命运的恒常因素之上的一切凶猛进攻。因为，眩晕是超越自然条件和不再接受与之联系在一起的体态的特殊征兆。与人的内在联系断裂之后，它们的外部信号的蜕变过程继续演进着。类似的紊乱在动物开始双足站立时也应该感觉到。难道不正是逆向的内省把我们拖向那些久远的焦虑，而莫名的记忆把我们拉近人类初始的眩晕？

一切并非惰性的东西都应该在不同程度上觅求支撑。尤其是人，除非发现确有把握，不会贸然搏命；除非玩弄骗人的把戏，不会保持一成不变的姿态。但是，当早就不再是他原来的自我时，有谁会去直面自己，有谁会在自己固有环境的透明空间中滑倒，有谁只有在美好的回忆中才觉得自己是人——还能求助于传统的支持，为自己是直立动物而骄傲，依靠自己支撑？

各种物体依然支撑他，只是为了不让他倒下，期待通过吸取一次次眩晕的元气结出另一个生命的果实。

人由于认识的过滥而自身发生蜕变，没有任何东西比行走脚步不稳更直接地表明这种最严重的衰败。作为人生终结的眩晕乃是一种走向极限的寒战，起初是预告性的和痛苦的，随后则给人以希望，刺激人兴奋。一种拥有魔鬼般活力的希望，引导我们在某些无疑十分明净的视野中一再摔倒。当人在我们这个世界里熟透并极度虚弱之后，将开始出现其他的东西，处在人类进化半途的那些落伍者预感到的奇怪东西。上帝在你的血管里腐烂，你把他同自己借助回忆搜罗起来的一鳞半爪，以及人和神的尸体一起埋葬，作为催生希望之芽的肥料，而用发霉的阳光支撑畏缩的晨曦！

然而，为了净化你的人类遗产，应该学会在你的各个生死攸关的十字路口压制、瓦解和击败威胁你的死神。看一看那个孤独的人，他正在*期待*并询问你什么？你将发现，没有任何人在期待任何东西，没有任何东西不会死亡。你曾经十分害怕见到死，见到所有的人如何自欺欺人，所有的人如何在不知不觉中向死神伸出双手，却以为有人正在走来，他们没有白白等待，不是吗？为什么一个孤独的人耷拉着眼疲劳地注视着？为什么任何生物使我们觉得没有什么可以期待？为什么除了在沙漠、咖啡馆、旧床和街角游荡的死神的或热或冷的诱惑，空无一物？难道除了同死神见面之外，不存在其他约会？一个还没有死的凡人能期待谁，有谁可以期待？你踏上他走的路，为了活下去，"活"在一个死人身边？你没有察觉，为了逃避死亡而跟着正在走向死亡的人奔跑，有多么可怕！

\*

不是我在世界上受苦，而是*世界*在我心里受苦。人只有在集聚从破衣烂衫到大教堂各种东西的无言痛苦的状态下才存在。同理，人只是从各种生物——从蛆虫到上帝——在他心中欢笑和呻吟的那一刻开始，才成为*生命*。

\*

没有一个画家能重现牲口目光中那种逆来顺受的孤独，因为任何一位画家似乎都理解不了动物眼睛里不可抹掉的神情：巨大的悲痛，缺乏与这种悲痛匹配的诗意。

人的目光只是加上了诗意的缺憾重音符，而动物正是缺少了这种诗意的音符，从而表明它们只是在起源上与人类相近。

\*

痛苦乃是一种低俗变质的音乐。崇高只存在于伤感之中……因此，了解自己祈求上帝究竟带有多大的厌世色彩，并非完全无关紧要……

※

　　一个思想家或能听见某种观念正在腐朽蜕变……

※

　　"杀死时间",有人这样直白而深刻地表达腻烦的厌世态度。时间进程对于生机勃勃的当下瞬间的独立性,促使我们对丧失了自己实体的非本质因素、未来的真空很敏感,那是没有活生生内容的即刻。是将生命与时间结合为一个流动整体的即刻生活——亦即我们怀着幼稚的天性加以摈弃的生活。但是,当注意力——内心的某些不平衡的结果集中于时间的流逝并远离在变化中搏动的事物时,我们陷身于时间的真空之中,除了暗示某种毫无目的的演变之外,这种真空不能为我们提供任何东西。腻烦是禁锢在百无聊赖时间中的囚徒,脱离或者甚至退出生活,为自己创造一种可怕的独立性。那么还剩下什么呢?人的空虚和时间的空虚。两种空虚结伴,产生了腻烦——意识与生活脱节而造成的时间的葬礼。你想活下去,那么只能"活在"时间之中;你想在即刻中沐浴,却只能在抽象的未来的净化空气中晾干自己的身体。怎么做才能消除腻烦?谁是应该打倒或者至少忘记的敌人?当然是时间——只能是它。或许可能是我们自己——是我们造成了这样的后果。但是,腻烦避开这些来界定自己,它在即刻中寻找只能在彼岸找到的东西。

　　"杀死时间",只是意味着不再"拥有"时间——因为腻烦是时间的过度富裕,与即刻的短暂相比,时间的无限增多。"杀死"时间是为了强迫时间进入"存在"的框框之中,不再握有"存在"的特权。

　　克服腻烦的任何办法基本上是在时间的恶性膨胀中摇摆的生命的一种退化。生存只能立足于生命与时间的平衡之中。各种极端状态产生自这种二元平衡的破裂。试问,人,面对时间的专横极权的人,作为时间帝国的牺牲品的人，当生命只能在悔恨的奴役下苟延残喘时，还怎么去"杀死"时间？

※

我有时希望独善其身，坚持孤独，以至被贫民窟大杂院和公墓的喧闹激怒的死人或许会逃离那里——他们羡慕我这里的安静，乞求我敞开心扉接纳。他们沿着秘密的梯道向下，朝没有铺大理石板的地底走去，沉默的沙漠或会发出一声叹息，惊醒精美绝伦的地宫安息所中的法老们。于是，这些木乃伊也许会潜逃出金字塔的黑暗，来到这儿，在更加安定和宁静的墓地里继续他们的好梦。

※

*生命*：觉得遥远的上帝比直接的生活更亲近的人的最高级遁词。

※

如果女人们将不幸归咎于*她们自身*，而不是责怪我们，我们或许能做出任何牺牲，忍受任何屈辱和冤枉！一段时间以来，你不再能装出快乐乃至轻松的笑脸，除非在潜入的芳香和不幸的迷茫罗网中。既然只有偶然事件使她们忧伤，那么我们这些贪恋女人的身影、爱的夜游神和性爱的暗恋的寄生虫，也等待着尝试的时机。女人是像夜晚一样的天堂——她们这样投射在渴望像蚕丝一样纷乱和痛苦的黑暗的情思中。黄昏的激情把它——被我们品味身影的情思改头换面制造出来的无名生物——置于我们狂乱翻腾的脑海中心。

在巨大的、畸形扭曲的痛苦中，*死亡无足轻重*，太自然不过，你不会下作到干这种蠢事的地步。所以，最大的问题是*生存*，寻找这种折磨人的走投无路处境的秘密，解开呼吸和希望之谜。这说明殚精竭虑提出另类生活模型的改革家们为什么是忍受超限痛苦的人物！死亡在他们看来是再普通不过的事实。死亡是由疾病产生的注定的事实，近在我们眼前,所以,再把它作为一个问题提出来不是近乎滑稽吗?为了发现这个世界上一切都是已经得到证明的事实——除了人生之外,你受够了痛苦,历经千辛万苦。你挣脱人生的罗网,尽一切可能把它置于另一种秩序之中,赋予它另一种进程,或者最终创造生活。改革家们选择前几条道路,最后那条路乃是一种极端孤独的极端解决办法。

怕死是痛苦初期的病态产物。随着痛苦加重和趋于成熟,将使我们远离生活——尽管它注定处于视野的中心,没有任何东西将我们与死——生的邻居——隔离开。这说明为什么对于经历无限与即刻分离的人来说,除非濒临深渊,不复能重燃希望。

\*

如果上帝把额头靠在我的肩膀上,我们这样一起待着有多好,孤独和不幸……

\*

一份自传应该交给上帝,而不是芸芸众生。当你向死人讲述自己的故事时,大自然本身将给予你一张死亡证书。

\*

但愿不幸并非相当悲惨……

\*

你只能生活在形而上或者形而下的精神境界中,或是心有灵犀,或是愚不可及!灵性的春天在瞬间的惊雷中死去——痴愚的阴暗黄昏却从来不会结束。烂醉的疯子阵阵拖长的寒战,散布在血液里的各种碎片和垃圾阻止了他的步伐,令人恶心的虫子污染了思维,魔鬼们在一片荒芜的大脑里运送思想……什么样的敌人打败了精神?什么样的黑暗之物吞噬着几多长夜？

在痴愚脚下伸展的恐惧升腾起默然沉睡的哈气，生命在精神的葬礼上逆来顺受地沉默着。那是一场黑色的单调的梦，它的永恒发生场所与它的朦胧的广阔天地相比，实在太窄太窄。

*

痴呆症是不能对自我进行思考的一种恐惧，一种物质的虚空——当你反思与自我分离乏力，同自己的恐惧不能保持距离时，一种专注的内省迫使你对白痴投去亲如手足的目光。恐惧算不了什么大病！

*

日复一日，我们越来越孤独。末日应该多么沉重或轻松！

你辛辛苦苦、呕心沥血积累起来那么多独善其身的美誉之后，作为富翁的感觉阻碍你怀着平静的心态死去。那么富裕而没有继承人！崩溃乃是心头的临终遗言……

*

作为一首抄录的诗的看客，被抛弃在自己周围的一片虚空之中，无法从悲凉的忧伤中回过神来——内心的空虚揭示了作为救赎形式的无限不确定性。

*

你在阳光明媚的大白天思念着黑夜，思想在中午开小差奔向黑夜……阳光不仅没有战胜黑暗，而且将心灵对夜晚的渴望扩大至痛苦。如果蓝天当床，太阳做枕，那么给人以肉欲快感的虚脱或会呼唤夜晚，来满足自己精疲力竭感的需要。我们心中属于夜晚维度的一切构成宇宙无限性的一个阴暗背面。所以，白天和夜晚的虚脱引导我们走向消极的无限。

✻

孤独是皈依你的自我的活动。但是，往往一旦只面对自我，你所具有的美好东西就变成独立于你的天性之物。这无异于你皈依某个*他者*。有时你并非独处时，反而感到更加孤独。

✻

如果太阳拒绝给予世界光明，阳光照耀的末日就像一个白痴的狞笑。

✻

当你离世而去时，会思念自我，怀着半惋惜之情毁灭依然活着的东西。上帝是我们的游魂的邻居，引导我们寻找彼岸，觅求不可及的新命运，永远不复回到我们自己身旁。

✻

一切单体皆是痛感的器官。没有了它们，大自然的痛苦可支配性或将痛感变成混乱。单体作为救赎的原始形式，拯救了大自然的平衡和规律。当痛感不复能留在它自身之中时，就出现了各种生物，使它摆脱潜在状态的折磨。任何行为皆使痛苦臻于完美。

✻

一个女人只有通过与众不同的不幸遭遇，有别于一个女佣，表达悲伤的风度乃是不可界定的魅力源泉。

✻

*期待*——作为上升的节律——说明人生的能动特性。智者——由于清醒的思考——暂时搁置期待，但并不排除未来的种种意外。只有

痴愚——无期待的完美状态——置身于时间和生活之外。完全不问世事，必不可能使我们具有比或是一个白痴的*情感*更高的境界。

※

在每次强烈的紧张状态之后，你并不复原为人，而变为*物*。接近上苍所产生的后果比任何中毒更严重。醉后的状态与对于上帝的虔诚膜拜之后的痴呆相比是和缓和愉悦的。接近上帝只是使你觉得不复理解任何东西的恐惧，在好一阵神志恍惚之后，你才恢复智力。谁有勇气去界定圣徒们仰望白痴的那些时刻？

※

神学研究阻碍人认识自我。如果我们一开始就把兴趣和好奇心用到人自己身上，那么会十分清楚地看到，人把*非*自我的一切归属上帝，陷入何等可怕的堕落。与一切神的属性对立，将人贬低为只有蛆虫的特性。确实，我们用心理学和自我认识走向何方？是要把我们自己贬为蛆虫，贬为无须再寻找自己尸体的蛆虫……

※

愚昧乃是智力的一种没有痛感的痛苦。它属于大自然，因此没有历史。呆傻甚至没有列入病理学，因为傻子并不认为他们会永存。

世界最真实的圣像或许是由一个白痴的"灵光闪动"构成的——假若他能克服血液的腐朽感，偶尔觉察自己智力的极微流动。

※

血液的声音是不间断的悲歌。

※

生活在*音乐符号*下，意味着死得其所，难道还有其他什么意义吗？音乐或曰享乐的不治之症……

*

如果你没有抚慰过任何一个行将离世的人，就从来不会懂得人生的种种枷锁，也体味不到有人感谢你至死支持他，坚定了他离开人世的决心和人生终有一死的想法，免除了那些鼓励和希望的庸俗套话时表现出的罕见的沉痛激情。

我们根本想象不到，期待我们把他们从幸福中解脱出来的人何其多矣……

*

有两类哲学家：思考理念的哲学家和思考他们自己的哲学家。两者的区别如同三段论与不幸之间的区别……

对于一个客观的哲学家来说，只有理念具有传记；对于一个主观的哲学家来说，只有自传具有理念。你注定生活在各种范畴或者你自己周围。如果选择后一种生活方式，那么哲学乃是对于不幸的诗意冥思。

*

不论我们有多少雄心壮志，归根结底不能要求生活给予你比孤独的自由更多的东西。唯其如此，我们正在给生活提供机会，表明它是慷慨大方乃至奢华挥霍的……

*

音乐的作用在于抚慰我们与大自然的断裂，而对它的热爱程度表明我们与本我的距离。精神在音乐创作中复原自己固有的独立性。

※

贫血症的凶险使我们可以被另一个世界渗透，而在它的悲悼中，我们从天堂垂直跌落下来。

※

一切不健康的症状——从痴愚到天才——皆是一种恐惧状态。

※

对于时间的敏感性乃是一种模糊形式的惊恐症。

※

当你不再能思考任何事物时，十分清楚地感知*自己完全濒临白痴状态*，以及有时使神秘主义接近痴愚的那种虚空感，差别在于神秘主义者的无限虚空中，有一种上升的神秘倾向在跃动，独自散发出一股气势直上的热情，而白痴*平视*的目光的虚空则是恐惧在上面无声滑动着的一片旷野。没有任何东西能掀起痴愚症的单调沙漠的波澜，没有任何色彩能给永恒不变的目光和死气沉沉的神情注入灵魂。

※

在人们中间表现出快乐的能力，乃是悲哀的最奇特的奥秘之一，尤其是在一只鸟儿的目光打扰你的时候。一切都是冷冰冰的，你白白浪费着自己的微笑。没有任何回忆能使你回顾以往，可笑地编造出一个过去。热血拒绝爱情的轻风微拂，激情把冷却的火焰投掷在黯淡无光的眼睛前。

※

不会笑的悲哀，没有假面具掩饰的悲哀，乃是一场灾难，毫无疑问留下了没有笑容——悲哀的人们的强颜欢笑的——瘟疫，社会早已强迫悲伤接受惩罚。甚至极度苦闷的愁容也无非是破涕为笑的不成功的尝试，却暴露了笑的模棱两可的本性。这说明为什么诸如此类的路径留给我们的空虚感比醉酒或者一夜情更加苦涩。自杀的阈限是放肆和无情的爆笑之后的寒战。没有任何东西比纵情作乐更严重损害生命力，尤其是当你没有心情和不习惯这样做的时候。无论是悲伤的难以消除的疲劳，或者纵情快乐，都是一种耗人精力的田径运动。

*

甚至连悲哀也是一门技艺。因为，你并非那么容易习惯孤独，日复一日必须苦苦挣扎，得不到任何安慰，忍受着某种内心隐情苦楚的冲击。在不幸中保持风度，在悲伤中保持对称，这样的需要看来是诗人们所欠缺的。因为，何谓诗人？与自己的悲伤毫无距离，与自己的不幸合二为一。

关注个人的教育，直至诸如此类的细小事情，体现一个被诗打动的心灵对哲学的额外情趣。理论的迷信组织着一切，连悲哀也不例外。一个哲学家的死本身就像一幅变形的几何图，而诗人生前就背负着坟墓，生命结束前就已经死去。诗的内核是一个提前的结尾，而诗的音符只有在一颗堕落的心周围才发出声音。你踏着音律和韵脚的节奏，比在任何东西上更迅速地滑进坟墓，因为诗句所要做的无非是揭开墓石，满足你对黑夜的渴望。

*

一个快乐的女人的窥视者在庸俗程度上超过庸俗本身——奇怪的是，为何本应该使我们在世界上较少异化的一切总是更冷酷无情地将我们与世界之间的鸿沟挖得更深。

难道世界本身就是*排他的*？

※

你面对的只有自我，而不是他人，所以始终是孤独的。

※

哲学家思考*神性*，教徒思考*上帝*。前者思考本质，后者思考人物。神性是上帝非拟人化的抽象面貌。信仰是一个*彼岸的即时*，从本质的废墟中吸取活力。哲学只是一个有关生存的幻想，正如神性是上帝的一个*间接*的面貌。

如果你感觉不到上帝如何摇摆不定，就免谈什么孤独……如果听不见"他"在你心中正在走向死亡，也别做任何诅咒。

生活如果没有使我沦为任何诱惑的奴隶，那么就是我或应有的过去。

※

生命——最初无心的意外产物——穿越宁静的虚空那一刻的模糊回声，正在心灵中消逝。

※

上帝是我们满足自己的睡眠愿望的最后尝试……所以，往往成为我们疲惫的翅膀生长的巢穴。

※

在音乐中远离世界，把事物化为幽灵。你的周围不再发生任何事情，眼睛也不再为人服务。如果一切发生在遥远的地方，你还能看见什么？悲伤——感知的视觉缺陷……

每个瞬间皆是一个陷阱，尽管不很深，但我们必须奋力跳过去，不惜折断自己的头颅。

＊

　　你嫉妒的不是上帝，而是他的孤独。面对作为散发着芳香的绝望化身的"他"，人只是一具乳臭未干的木乃伊。

＊

　　示弱是大自然提供给我们维护自己孤独的武器。

＊

　　当你更坚信自己时，忽然跪倒在上帝脚下祈福。任何一个永垂不朽的伟人都不能免除这样的叩求。然而，当人生的累累伤痕变成仰望造物主的眼睛和期待天赐粮食的大张着的嘴巴时，你又有什么办法！
　　惶恐不安的晚祷指引我们——超越我们的意志——解脱永生的迷信，用神的旷野的清风解除我们精神振奋的疲惫。意志的减弱，将上帝——作为绞刑架的一根木桩——插入我们的惶恐之心……上苍乃是意志的黄昏阶段，是使人筋疲力尽的饥饿状态。

＊

　　爱美是与死亡感不可分的。因为，劫持我们的感觉使之变为赞美战栗的一切，将我们升华到一个终极的完美状态，那无非是一种与激情共存亡的炽烈愿望。美启发你联想到永远不可企及的偶像！威尼斯或者巴黎的黄昏让你心神迷醉，永恒仿佛融化在时间之中。

＊

　　得不到满足的极度苦闷是情爱。因此，一个女人如果不在你耳边轻声絮叨死亡之事，不帮助你赴死……你就不能爱她。
　　爱情横插在我们与各种事物之间，使我们的理智异化，所以应该对我们在认识上的退步负责。精神有多少不幸应归咎于爱情！如果精神只是爱情的作品，有多么好。

但是，你们会发觉，女人只有在能使男人感到更加孤独的情况下，才可以进入历史。

*

诗意浓浓的霜好歹覆盖着这片大地，它来自造物主的永恒的秋和果实尚不成熟的天空，为的是打落星星。这个造物主在此停步的季节，极其清楚地向我们表明，"他"不是曙光，而是黄昏，我们只能通过影子接近他。上帝——一个真正的秋天，一个初步的终结。

春——像任何开始一样——乃是永恒之物的一个缺陷。在春天死亡的人是孤独的，很少能走向天堂。当一切像花朵一样怒放时，芸芸众生成为享受孤单的乐天派，以拯救春天的玄虚的荒野。

最初只有黄昏。

*

在一个没有伤感的世界里，夜莺或会开始口吐脏话，恶语伤人，百合花或会开设妓院。

*

无论是兴奋抑或快乐，都令人鼓舞，但前者是一种精神，后者则是感觉——有谁在神修神学中谈论快乐吗？有谁曾经听说过一个快乐的圣徒？但兴奋陪伴着敬仰，与天毗连，即使是以温柔的形式。

你只能在人世间快乐，只能独自体验兴奋。你必须与他人同乐，当没有任何人在你身边时，你就更接近于兴奋的巅峰。

*

没有任何疾病是我们一滴开始歌唱的眼泪所不能治愈的……

✢

致命的漩涡将生与死联结在一起，超越时间和永恒之外的神秘*场所*，但心灵跨越最后的火焰飞向燃烧的牧场。你在*一场神秘的订婚礼中*孤独地活着和死去……什么样的有形和无形的魔鬼把你从芸芸众生中剥离出来，构成一个单独整体，生与死在其中高扬起叹息的回响？你从此心神迷醉，沿着遗留下混沌和别有洞天的一个世界的螺旋，在清纯得没有一丝斑点、庇护着孤独的空间中爬升。那是什么地方，什么地方？——但是，你难道没有觉得那只是一阵微风，犹如泡沫一般的天真美梦？你不是在异想天开，期望乌托邦建造的一个玫瑰天堂？

因此，这应该是对上帝心里一朵早已凋谢的花儿的乌有记忆。

✢

上帝啊，我的*末日*掌控在你手里，掌控在你这个“超级终结者”手里——而我有时为你牺牲了多少生命，犹如在你控制下的一个喷泉。我是你手里的一具腐尸，抑或一座火山？或许你也根本不知道，你这个瘟神，不是吗?!——这是你呼喊“救命”，期望生命无限，长生不老时，造物主的低语回应……我正在寻找离地球最远的天体，在那里打造一个摇篮和一口棺木，由我，由我自己掌握生死悲欢。

# 四

当对于虚空的憧憬达到一部爱情剧的强度时,时间或者永恒性不再告诉你任何东西。*现在*或者*永久*乃是人*世*用以运算的元素,是参照点,或曰芸芸众生的契约。我们觉得永恒性是善,我们觅求得到它,而时间缺乏价值,我们在一切环境下都需为之辩解。凡此种种,对于一个绝对目空一切,望眼欲穿觅求完美的乌有之乡的人来说,又算得了什么?他尽情讴歌虚空,通过病态的空洞目光,难道能发现玷污纯洁的无限的一个黑斑?

时间和永恒性是我们人世间的附着力或者非附着力的形式,而不是完全游离的形式,诸如一段无声的音乐、一个无欲望的憧憬、一个没有呼吸的生命或者生命没有熄灭的死亡。

在生存弱化的边缘,现在、这里、那里、从未和永远等都失去了意义,因为,当你不再保留对世界的任何*记忆*时,哪里还能找到一个*地点*或者一个*瞬间*?

这个快乐却没有内容的乌有之乡,乃是没有现实意义的表面的陶醉。一种透明感受变成我们的生存状态,一个天使想要的玫瑰并不比插上翅膀建成飞翔的空中楼阁更轻松和飘渺。

永生是凡夫俗子们引以为傲的机遇,是一种自负的形式,他们以此来满足自己一时的超脱生命的感觉。永远因生命的短暂而感到失望的他们,又同自己固有的幻想联结成一个整体,更加热爱永恒的时间——生命。这与永恒性区别何在?你生活在其中,因为只有在朦胧感知不断地变化的迷醉状态中才能呼吸,而永恒性则是对变化的*清醒*

认识。

　　在事件的进程中，当我们不满地抬起头来，猛然从建功立业的陶醉中醒悟，试图摆脱的念头把我们推向否定时间的存在。然而，永恒性迫使我们与暂时性永远进行*比较*，这是在虚空体验中的彻底悬浮状态下不再发生的事情，因为虚空是既对于时间又对于永生的中立状态，对于"任何东西"的中立状态。

　　永恒性或是时间的终极阶段，而虚空则是永恒性的最终升华。

*

　　何其怪哉，当你发觉一切生物无非是影子，一切都是徒劳时——你会远离世界，在冥想虚空中寻求唯一的价值，尽管你可以很幸福地留在影子和每天的虚无缥缈中。将实际的虚空与一个最高的虚空重叠起来的需要来自何方？

*

　　天堂的不可预测性促使我忍气吞声咽下天底下的一切苦楚……你甚至没有机会达到尽善尽美，在痛苦中死去，留下许多不解的悲哀，初尝不幸的滋味就结束了生命，不是很可怕吗？——如果你心中还残留着即使一丝悲伤，也徒劳乞求逃脱无情的黑夜。

*

　　你谈论永恒性并引以为傲，其前提是需有一种时间器官的活力——时间借助否定*提出*的秘密祝祷。知道自己生活在永恒性之中，意味着你很清楚自己与它的距离，并未完全深入它内部。远眺富有活力的万物、现时的存在，意识永远暴露出自己的无知。

　　只要直接和幼稚地生活在长生不老感之中，你就挫败了时间器官的能量。神圣感——永恒性的即时感——并不将事物直接经过的通道之外跨出的步伐引以为傲，因为它即是永恒性。至多可以抱怨，以减轻自己过重的包袱。圣徒们的陈述源自永生的*正能量*重荷。他们的命运在时间中*跌落*，犹如星星从天穹中陨落。过度迷恋永恒性具有两面性。

✳

丧失天真，导致一种即使在上帝身边也遏制不住的讽刺意识。你在一种伤感的歇斯底里中翻滚着，对所有人说你活着……他们相信你。

✳

演变是没有结局的濒死状态，因为至*上*不是时间的一个范畴。

✳

沙漠是上帝的公园。他在沙漠中带着永远的疲劳散步，悲叹我们忍受苦难的精力。孤独是我们同"他"的共同点，但也是我们同魔鬼的共同点。从原初时代开始，上帝和魔鬼就在争比孤独——在这场致命的竞赛中，我们来得较晚，甚至太晚了。但他们将要退出舞台时，我们将独自留在"孤独"中，而荒漠对于道德跃迁来说或将不够宽敞。

✳

平庸是一条与狂喜同样的净化途径——其条件是必须付出痛苦。身处垃圾、污秽中的磨难，贫民窟中的恐怖，成为神秘的源泉——而当你满心恐惧地淹没在一个泥潭中时，比心不在焉地望着圣母神像更加靠近上苍。诅咒是一个宗教行为，行善是一个*道德*行为（我们极其清楚，道德无非是我们膜拜上帝的民俗）！

沸腾的内心浊气化为涌向蓝天的蒸汽。如果你觉得需要，那么就对满天星辰吐一口唾沫，这样比庄重和恭敬地远眺更加接近它们的宏伟。一堆狗屎比一潭晶莹的湖水更加人*性化地*折射出蓝天。浑浊的眼睛带有碧玉色的斑点，打破了童真的单调蔚蓝。

通常称之为完美的东西，构成一幅平淡乏味的景色，甚至缺乏平庸的苦恼。凡夫俗子们提出的完美画面唤起了一生碌碌无为的不满记忆。天使们甚至由于这一原因而被逐出人间：不懂得蜕变的痛苦，也不懂得腐败的隐秘快感。完美的理想画面应该改变，道德也应该明白解体可以避免一栋建筑成为空中楼阁的好处。

道德要求净化。但是，为什么？我们要清除什么？当然是清除卑鄙下流的思想。但是，这种思想除非活到头，卑贱到底是不可能排除的。只有在你消耗尽了它制造苦难的全部能量之后，才谈得上净化。"恶"只有耗尽了其活力才消亡。因此，道德的胜利包含着泥潭里的痛苦磨炼。淹没在泥潭中，具有比表面的净化更重要的意义。堕落本身不是比天真更深刻得多吗？"一个有道德的人"，这样的称谓只有以过去的种种坏名声作为参照才够得上。

跌入罪孽不正是*跌入*生活吗？主啊，我们罪孽深重，请拯救我们向善！

每天的祈祷或应该是"恶"的入*门*课，而"我们的天父"扯掉了掩盖着恶的面纱，让我们这些习惯于堕落的人看到它的真面目，从而一心向"善"，甘受善的考验。

道德失之于缺乏奥秘。善不藏有任何秘密？

\*

激情褪色，本能柔化和现代心灵的完全淡化，使我们戒除了从狂怒中得到抚慰的习惯，弱化了作为诅咒艺术来源的思想活力。莎士比亚和《旧约》向我们展示了这样的人物：在他们面前，我们只是狂妄自大的猴子或者是人微言轻的无名之辈，不懂得在大庭广众下大声吼叫，张扬自己的痛苦和快乐；不懂得向大自然或者上帝发出挑战。请看多少个世纪的教育和学者的无稽之谈堕落到何种地步！以往，人们呐喊，今天已经觉得厌倦。意识的宇宙大爆炸被人们用怯懦来取代。"忍耐和完蛋！"乃是现代人引以为荣的座右铭。荣誉——这是一个腐败者的迷信。但是，精神紧张要求一定程度的野蛮，舍此，思想之弧就会松弛，火山作用除非故意示弱否则不应该减弱。一种理念在高歌猛进中滚动，带着梦呓或者天数的魔力，恰如诅咒——精神的这些火舌炽燃时发生的那样。

　　现代人犹如温吞水，太过温和。让我们学习爱与恨这些心灵中的天然维度的钟声没有敲响过吗？诅咒乃是一个不可克制的挑战，它越是趋向于不可克制，力量越是增强。它的最终目的即是取得不可估量的效果。在恶语伤人之后，一个民族或者整个大世界不再怨天尤人来发泄愤怒。

　　诅咒是通过恶语的表象对于生活的依恋，是一种虚假虚无主义。因为，除了在某种价值中拥有绝对地位，你不会大发雷霆。约伯以一种病态的热情珍爱生活，而李尔王依赖高傲骄横，犹如依赖神明。《旧约》的所有先知以某种名义，以自己的或者上帝的名义发怒。你也可以用子虚乌有的名义抛出种种诅咒，只要你用教条加以附会。那是一种无情的和富有煽动性的爆发，一种口气直接的权威姿态，一种毁灭性的冲击，不管是否具有直白的确定性。在恼怒的背后隐藏着一种信念或者唯我独尊的自我巨人主义，诅咒的怒火因此或多或少具有压倒的气势。灵魂的高下，一个人激情的强度，这就是一切。因为，诅咒*自身*无非是一种抒情的教条主义。

*

　　愿你克制每天宅在自己心里的极乐，将生存的包袱一分为二，有一个分担你失意的邻居！女人将搬弄是非商业化，而在婚姻中，你走上孤独之路，生存的诅咒变成商品。爱情中不幸的源头乃是害怕被爱上，孤独的快乐超过拥抱。女人不会自愿离开，而是太过喜欢成双成对的温柔乡里的骗局，神志蒙上暗影。确实，女人永远理解不了一个男人怎么会成为不幸的实际感受者，而且任她以什么样的姿态出现都无损于孤独的圆满。她终究应该离开，应该出走。而在她离开之后，你会察觉有她和没有她的生活都是莫大的错误。

如果她的芬芳是为了安抚一颗心而挣脱地球喷发出来的伤感幽情，那么你或许会迷恋女人阴影下的世界。

\*

突然像致命的寒风一样迎面吹来的出世感，使你感觉到智者们像一群可怜的松鼠，而圣徒们像一群一事无成的教授。

\*

打开我们的命运不可解之谜的钥匙，乃是对不幸的渴望，它既深奥又神秘，而且比对于幸福的痴心妄想更加持久。如果幸福占据着主导地位，那么我们如何解释天堂迅速远离，而悲剧成为一种天然境遇？整部历史再清楚不过地证明，人不仅没有摆脱痛苦，而且发明了痛苦的罗网，以免失去痛苦的魔力。如果不是挚爱痛苦，或无须发明地狱——痛苦的乌托邦。如果曾热情得多地偏爱过天堂，那是为了满足自己的幻想，为了追求不可实现的东西——某种审美乌托邦才这样做。但是，最终历史"事件"清楚地告诉我们，人认真做过什么……

\*

许久以来，我不复生活在死亡的恐惧之中，而是生活在死亡的诗意之中。你这样融化在一股致命的洪流里，如梦如幻栖身于温柔的垂危状态里，被忧伤的芳香所迷醉。因为，死亡是渗透进我们放弃的那个世界之外的无形空间的橄榄油，使我们缓慢进入快乐并痛苦的安息状态，以此提示我们生命乃是一个虚拟目标，而未来则是结尾无限的潜在可能。

忍乃是貌似积极而不作为的生活方式。

*

正确的方式是千万别问你自己生活是什么，又不是什么。

*

死的愿望始于机体的模糊的分泌作用，终于一种诗意的衰竭。每天给人快感的是休息时血液的安睡。而这种安睡即是悲伤自身。

*

只有在你痛苦地经历了种种事情之后，才有权嘲弄它们。怎么能把并非折磨过你的东西踩在脚下？（一般意义上的讽刺。）

*

没有比在死的极端愿望中更完美地体验到孤独的滋味，这种愿望不论我们如何反抗，都在不断扩大着，随着我们求死不能，变成——借助反作用——生活的启示。

当求死的过度意愿反而使我远离死亡时，我如何能忘记*自己存在着*？

当我将开始思考*我的反抗*，不愿再*面*对任何思想时，将发现充实的完整生活……

最初，你认为死亡是形而上的存在。后来，在你尝到它的滋味，令你感到恐惧和压得你透不过气来之后，你用对它的感觉取代了它。于是，你大谈恐惧、不安和苦闷，避而不谈死亡。从形而上学到心理学的过渡由此大功告成。

※

我觉得阳光越来越讨厌和遥远，我注视着它——不由得浑身颤抖。当黑夜成为思想的曙光时，我用它来寻找什么？

……但是，请你注视，注视阳光：看它如何蠕动，如何散落成碎片，你每每被悲伤击垮。只有百日的废墟将帮助我们把生活提升到梦想的高度。

……死亡的甜蜜应该是不同于最大限度的非现实的另一种东西？献身于诗歌应该是不同于融入幻想的另一回事？

想死的愿望中有那么多的音乐的快感，而你想长生不老只是为了不中断生命。或者你想寻找一个坟墓在其中继续生活，在求死的愿望中不断死亡！因为，任何一个海上的黄昏，任何一首陆上的乐曲都不能代替死亡的摧枯拉朽进程和逐步消失的悼亡诗篇。

没有任何地方比在乡下旅馆的旧床上，或者在大街的霜打的景色中更使你想入非非，陷入生命熄灭的种种心理暗示之中，更渴望品尝最后一刻的滋味。

※

通过死亡，人变成与自我同时代的存在。

※

为了不感到厌烦，你必须成为圣徒或者傻瓜，因为意识的完全空缺期决定着人的命运。厌烦是心灵的真空与世界的真空之间的一种不稳定的平衡，相当于隐蔽地出现的虚空感，这也许意味着麻木、没有愿望。变成智者或者变成傻瓜——前者做加法，后者做减法——皆处于人的命运之外，因此也处于厌烦的可能性之外。然而，我们能否绝对有把握说，圣徒们有时不厌烦上帝，而傻瓜们——就像他们呆滞的目光所透露的那样——丝毫也感觉不到自己的无知？

人不可能终生在厌烦中爬行，尽管那不是一种疾病，而是*张力的缺失*。作为某种痛苦后果的虚空，或者某种不幸的冷记忆，我们不能向它投射某种内容的沉默的进程。对爱的麻木不仁和不能克服这种麻木的遗憾——这些状态构成意识的蜕变，接替我们不复能达到的某些强烈的激情。你感觉不到任何痛苦，但与其因莫名其妙的焦虑不安而惶惶不可终日，倒不如直面能确切感受到的痛苦。疾病本身是一种内容——而且是重要的内容，而厌烦则是一种压抑和焦虑的冷漠，你觉得是"善"，虽然一种确切的病症的"恶"更加可取。任何痛苦一旦确知，立即会使人懊恼。疾病是症状，厌烦并非症状。因此，它就像一个罗网——我们力求摆脱而得到*解放*。

这是厌烦的悖论：短暂的意识丧失而又不能确定其实在的表征。与疾病相比较——则是一种令人烦躁而不可忍受的健康，一种压抑和单调的"善"，不严重而只给人以没有尽头、无限无聊的感觉。康复无望……厌烦？*无可救药的亚健康*。

*

就其正面的意义而言，生命是一种机遇的程序，对于未来的向往。你向它敞开多少扇窗户，就会有同样数量的自我实现的机遇。相反，绝望则是机遇的否定，因此也是生命的否定。还不止于此。绝望是垂直跌落进*虚空*的绝对张力。

凡是与未来具有内在联系，面向未来发展的事物，都具有*正能量*。因为，生命趋向于时间的充实，它不断*自我实现*。绝望*自我增强*着，其张力是一种没有未来的潜能，是一种负能量，燃烧中的死胡同。但是，当你打开绝望之窗时，生命——自身展现出来的——似乎变成一种无比强大的诱惑和喜不自禁的笑容。

*

"狐狸有穴，天上的飞鸟有巢，但是人子却没有枕头的地方。"

（《圣经·新约·路加福音》，第9章，第58节）——耶稣此时的孤独超过了在客西马尼园被捕时的情景。与保障他在信众中间得到几乎永恒信任的所有仁爱的证言相比，这段话更使我觉得耶稣极其亲近。你越是不同于众人，就越难于在世界中找到立足之地，达到超凡入圣而使你告别孤独。与耶稣在人世间流浪相比，最贫穷的乞丐也称得上富翁。人们为了给他找一个立足之地，把他与某个空间联系在一起，甚至把他钉死在十字架上。然而，他们没有察觉，在十字架上，耶稣的头是朝着天空的方向安息，或者无论如何朝着天空比朝着地上的时间更多。至于复活，如果不是证明上帝即便死了，也不能像任何一个人死后那样在世界上安息，那又是什么？

一块墓石覆盖了不得安眠的耶稣三天。因为，我不能设想一个上帝死了，却看不到自己已经死亡。

只有对于已经睡着的人来说，死意味着沉睡，至于经过守灵之后的其他人，能醒着剩下的只有他们的骨灰或者冷笑着的骨骸！——当不剩下任何一根神经纤维能够被认识穿透时，没有任何东西能使你相信自己在某个时刻不再有意识。这似乎可以解释你确实是死了，但谁能阻止你认为自己只是停止了认识和自我认识？就像你将永远没有枕头之处一样……

＊

孤独的愿望无非是自私自利的唯我主义用诗情画意进行的伪装，难道不是这样吗？

＊

世界仅对于没有看见过它的人来说才能存在。其他人也明显丧失了视力，在少年时代伤了眼睛。梦境提供的空间没有视平线，所以无限地向前伸展，再也停止不下来，极适合于低头俯视的目光。

世界在一种日暮途穷的感觉中多么广阔无垠！

✴

　　如果我是上帝，或会创造任何东西，唯有人除外——耶稣如果更加愤世嫉俗，或许伟大得多！

✴

　　面对物质，生命具有一种张力的优势。疾病之于生命也是如此，差别在于我们面对的是一种负能量的张力。

　　当你患病时，天性强迫你去了解，或许你不自觉地*知道*自己有病。一切都昭然若揭，无秘密可言。因为，在疾病这门违人所愿的学科中，所有的秘密无不丧失了贞洁。

✴

　　为何生命在寒冷中喘不过气来，我们要寻找火焰来点燃思想？希望从神志的烈焰中生长。

　　面对过去的问题是：一个"事件"对于我有何作用？世界史只是作为自我诠释的手段而存在。我没有亲历过的事情是否曾经"发生过"？对于过去，我们应该比对于现在更主观。

✴

　　孤独是我们存在本身的一个本体论的极端。你的*存在*比应该有的状态太过强大。而世界比或应有的状态太过弱小。

✴

　　真理乃是被判流放到永恒福地的一个错误。

✴

　　人竭力想至少成为一个错误，而上帝竭力想成为一个真理。两者都走在机会很少、希望渺茫的路上。确实，上帝早从远古时代就走上此路，而且从一开始就在寻找着自我，而人的流浪则始于新近。如果我们能够更加与人为善，那么是否还会寻寻觅觅，感恩上帝？其实，对上帝的感恩无非是我们祈求宽恕的一个综合。我们人人都心不在焉地定义上帝，每每需要时允许他存在，原谅他不完美乃至卑怯。我们就这样淹没在错误之中，而上帝也只握有真理的一个片断！你可以确有把握地说，如果上帝真的发现了真理，他或许早就会向我们大吹大擂一番。

※

一个思想感动不了恶棍，它是否与孤独有某种联系？而一本小小的传记不足以追念约伯……

※

……我或会希望下凡的天使们的幻影为我号哭，步着从他们的合唱最初印在我心里的曲调中挑选出来的旋律。

※

无论是生命的加号抑或减号，都深入我的心灵，引发一阵虚幻的战栗。一片死海和一片狂怒的海洋都缺乏节奏，其程度相同。一旦我不能跟随生命的步伐前行，它的浪潮或是后退，或是把我吞没，扔到曾经是世间一切原貌的一片干旱荒野中。

出于理智而远离内心困惑，全身心自豪地跃入一个深不见底的漩涡的愉悦……谁不怀着某种救赎的希望躺在广袤的虚空原野上遐想，谁不在虚空中品味美好未来的诱惑——不懂得积极经受磨难的人，就不懂得有效地控制生命力的过度消耗。

专为他人治疗的心理学家们由于本身没有充实的心灵，只是从我们的缺陷中导出对于非现实东西的爱好。他们不懂得什么样的*缺陷*可能源自一种狂野的知觉，或者不懂得贫血和狂野是如何干预生命的非现实性错觉的。因为，确实，我们所说的没有节奏的血液在血管中流动究竟适合于记忆一片没有浪涛的海洋抑或一片只有浪涛的海洋？

*

我从来没有感觉到生命值得体验。它有时很有*价值*，有时很少价值。在这两种情况下，它都是*难以忍受的*。因热爱生命而自杀丝毫也不比官方所说的流行的自杀方式更无理。不，甚至更为*自然*……天堂是一种不断自杀的状态，像地狱一样。在这两者之间，插入了称为*存在*的非自杀状态。

*

如果通过上苍的恩典，容许我同许多世纪之前的一个故人对话，那么我想选择那个复活的拉撒路①。此人肯定会帮助我理解追溯往事的恐惧，你曾经死过，从死亡中重生并走向他者的情感……你面临一种绝对的困惑，生源于真实的死。拉撒路或能告诉我，如果你不再向死亡走去，怎么可能死，你怎么才能逃脱这没有尽头的"复活"……

*

生命或是富有魔力的开花结果之外的其他东西，它或走向某种东西，走向它傲慢展现自己的表面价值——这种想法使我觉得如此压抑和不舒服，它的例证或会给我造成不可痊愈的伤害。于是，并非你造成的无尽创痛和用犬儒主义加以宽恕的种种怠惰扑向你那已经麻木的恐惧——我们并非碌碌无为，除非生命自有其某种意义。因为，只有在这种情况下，我们一切未竟之业才构成失败或者罪孽。在一个具有

---

① 又译拉匝禄，《圣经》中的耶稣之友，他死后，耶稣使他复活。

某种外在价值的世界里，在一个企望某种东西的世界里，我们不得不置身于边缘。

如果有一个故人向我证明某种绝对意义的存在，论证一种变化固有的伦理——我或会悔恨和绝望得丧失理智。当你苟安于或浪得虚名或欺诈多变的勾当，浪费生命之时，当你痴迷地沉溺于表面现象之时——上苍正在为你制造疾病。这是肯定无疑的事情！生命不可能有某种意义。或者说，即便有，也必将隐藏起来，因为它依然期望与我们同在。

凡是稍许热爱自由的人，都不可能心甘情愿地受某种价值束缚，即使是世界的价值。

*

大海的怀旧超越并承袭内省。

*

任何一种明智皆是反思某种失败的意识。

*

我们思考事物的方式取决于诸多外在条件，所以或可以写一本思维指南。我们或可以从天空的色彩着手，以椅子的姿态为结尾。思维的贫民窟也有其价值。

*

帕斯卡——特别是尼采——似乎是诠释永恒性的演说家。

*

当你无情地深入思维的深处并夺走它藏在隐蔽洞穴中的财富时，你会禁不住骄傲和自负地陷入对虚空的遐想。但在这形而上学的胡思乱想中，你得怎么办才能像被"实在"的闪电击中那样突然停止？血液的暗中抵抗，冲向认识的激情或者包围精神的本能？当理智告诉我们一切皆是虚空时，我们心中有某种东西拒绝虚空。这个某种东西不就是万物吗？很可能，我们注定生活在其中。

圣徒、疯子和企图自杀者，似乎战胜了这个某种东西——本质上模糊隐蔽并阻止精神表现出最后一点自负的东西。我们这些凡夫俗子是"绝对"或曰上帝的失败子民——当相信自己远离生命时，却处于它的监控之中。若在我们已经忘记生命时，它又突然出现在我们面前，那么从它的耳语中，我们解读出"绝对"无非是作为认识之前阶段的"虚空"。那么，我们是*正在倒退*……上帝啊，生命只是一种*倒退*。

*

对于无限的怀念由于过于模糊，所以具有死亡愿望的形式和轮廓。我们甚至在绞尽脑汁的幻想或者搜索枯肠的诗意中寻找其确切状态。死亡无论如何将某种秩序导入无限。它难道不是无限的唯一走向吗？

*

反对自杀只能引发某种争议：在你表明自己能走向何处，能在何处实现自我之前结束生命，是违反自然的！虽然企图自杀者相信自己心智早熟，但他们毕竟在真正成熟到瓜熟蒂落之前采取了一个极端的行动。一个人想结束自己的生命，是很容易理解的。然而，为什么不选择在自己成长的顶峰的最有利时刻采取行动呢？自杀之所以是盲目的，原因正在于死非其时，它们中断了命运，而不待其功德圆满地完全实现。一个终结应该是得到像园艺一样培植呵护的。在古人看来，自杀是一门学问，生命的终点在他们心里逐渐发芽和开花结果。而当自愿熄灭时，死亡就像是一个没有黄昏的落日。

现代人缺乏自杀的内在修养，缺乏临终美学。没有一个人死得天从人愿，所有人都偶然结束一生。如果他们懂得死得其时，我们或许没有一个人会在得知那么多"令人绝望的事件"的消息时心绞欲绝，也不会说走完自己一生的某个人很"不幸"。现代人缺乏主心骨，这一点没有比在内心排斥经过深思熟虑的自杀，将自杀视为害怕失败、罹患痴呆症和衰老，或者看作活力、激情和英雄主义的赞歌更令人瞩目。

\*

每当我不为心神恍惚的预感所诱惑时，无不觉得自己变成物。看来光冻结在大脑里……而时间倒塌在一颗死灭的心里。

我凝视着石块，嫉妒它们的跳动。它们是否有一天会知道我多么希望它们安息？难道峭壁巨岩也愿意石块淹没在血液的沉默中？

……你这样成为无限冷漠的物，大自然在其中静观着自己最终变得麻木不仁。

你变为石头引起了石块的妒忌？你看见了冰川如何在它们的血管里萌芽吗？

\*

我没有思考死亡，而是死亡在思考自身的含意。死亡中的全部生命潜能无不通过我来展现，而且只存在于作为永生唯一能参照的*时间*之中。由于生命避免自身成为绝对之物，摈弃傲慢，甘居下风，随着时间蜕变，所以生命即是*我自身*。我至死在寻觅生命，而我的价值仅在于通过并非是其本来面目的一切发现生命。如果尸体变成依然是活的东西，我或早就在它的怀抱里歇息。但是，上帝出借的生命太少，不容我在他的荒野中去寻觅。

除非你在它家以外的所有地方守候着生命，来挽救它免于异化，否则再也活不下去，只能走进死亡，在徒劳的寻觅中品味生命。

✱

无限乃是缺乏健康之物。这正是人们抛弃它的原因。

✱

在拥抱中，幸福和不幸的感觉通过一种模糊的晕眩折磨着你，很希望突然有一个惊雷击中你。从嘴唇传来一种令人窒息的甜蜜，浸润着神志的边缘，使你沉浸在走进天堂的希望中。死亡从来没有比在情爱失意的境遇中更强烈地笼罩着你。爱情犹如溺水，在是与非中沉浮。因为，任何快感既有高潮又有熄灭。只有在爱时，你才能认识到为何自我毁灭乃是收获果实的基础。没有女人——流浪在血肉中的音乐，生活或会成为一种不由自主的自杀。确实，没有女人，我们为何而死？我们在何处还能发现气味芬芳的安息？在何处还能在黄昏中绽放？在何处埋葬自己还能微微颤动心房？

✱

如果人们赤身裸体活在世上，或许会更加容易得多地认可"死亡是肉体的必然结局"这种观念。衣服横插在我们与我们的原形之间，造成了一种强壮和独立的幻觉。但是，当你赤裸地在一面镜子前走过时，注定会崩溃，因为肉体是长生不老的想法在其中霉烂的失望之源。

✱

在几千年的文明之后，如果人们开始不穿衣服生活，同衣服一起甩掉其所蕴含的种种幻觉，那么人人皆或能成为形而上学家。

只有当你赤裸地出现时，才能记得自己现实存在着，但终有一死。衣服借给我们一种凌驾于时间之上的虚假优越感。头上戴着帽子，脖子上结着领带，怎么可能终有一死呢？衣服比形形色色的宗教制造了更多的幻想。

*

  好似有千千万万条不相识的生命在我内心里自杀，而我并不比凌驾于无限生灵之上的苍穹更宽广……如果我能化为痛苦的元素，但愿自己毁灭成一块块碎片，不复存在于任何地方，首先是不存在于自己心里！仿佛是在一个丧失意识的噩梦中，我正在走向全面崩溃，趋于死亡，被离心力抛出世外。

*

  人乃是生命与死亡之间的最短线路。

# 五

死亡乃是人人唾手可得的崇高升华。

※

最严酷无情的痛苦和最血腥的恐惧幻觉给我留下的厌恶,不可与你离别自己讨厌或者热爱的一群人后的烦恼相提并论。不管你是否曾经辉煌,曾受他们赞赏或者藐视,当你同他们离别时,任何方式的自杀皆是极其甜蜜的行动。你说过的每一句话仿佛变成垃圾,藏进了你孤独深处的某个隐秘角落,以免眼睁睁地看着它当面玷污你。言语变成了毒药,在你多少小时反复忏悔之后,人们和你的意识空白使你眩晕。一切并非孤独的东西都在腐烂,我在长大成人前从来没有孤独过。

在任何对话后,你觉得比在坟墓中更加孤寂。你的精神轻松了,你的心却腐烂了。言语随风飘去,同它们一起飞散的还有你的孤独秉性。

※

我们只能通过爱来检测与世界的距离。在女人的怀抱里,心顺从本能,但思维在世界周围游荡,这是情爱无常的病态结果。因此,在热血的欢快沸腾中,爆发出一声强烈的撕心裂肺的抗议,对此我们永远分辨不清,却闪现在一个灯火幽幽的空间中,使我们匆匆回忆起肉体享乐的短暂是何等令人痛苦。我们,紧紧拥抱着几乎窒息的我们,除了从每个热吻收获快乐的死亡感，还能有什么其他作为？

如果不是注视着女人迷蒙的眼睛，我们如何衡量自己的孤独？因为，正是通过女人的眼睛，孤独提供了一个它自身的无垠前景。

*

爱情的不可捉摸源于你同时既幸福又不幸，在唯一的一个漩涡里，痛苦与快乐相等。因此，爱情中的不幸随着女人对你理解和爱的加深而愈益严重。无限的激情使你感叹大海有底，而你在无垠的蓝天下熄灭了潜入无底深渊的愿望。天空甚至没有边界，仿佛生来就是为了让人像垂直坠落的自由落体那样自杀。

爱是一个淹没的陷阱，一种沉沦的诱惑。因此，它如同死亡。这说明为什么只有情欲的本性才有终极感。你在狂热地爱着的同时，下沉到了生命的根部，试图去品尝死亡的致命的新鲜感。并非是闪电要在你拥抱时劈死你，而是向着旷野打开的窗户要把你扔出去。在爱的沉浮翻滚中，有太多太多的幸福和不幸，而我们的心与爱的广度相比，实在是太过窄小。

情爱源自超越人之外的地方，它驾驭和毁灭人。因此，在它的浪涛冲击下，随着时光日复一日流逝，你不再注意万物的存在、生物的骚动、生命的消耗，因为沉醉于爱的快乐的梦中，尽管有太多太多的生与死，你却忘记了两者，一旦从爱情中醒来，随着它无与伦比的美梦的破碎而来的，则是显见的难以慰藉的极度沮丧。

爱的更深刻的意义既不是凭借"人类的天赋"，也不是通过个体的超常智慧所能理解的。如果我们只是个性失落过程中的一个简单工具，那么谁能相信爱能够达到暴风骤雨般的强度，具有非人的危险性？谁会承认我们只是为了成为牺牲品而忍受如此巨大的痛苦？满足性欲的需要不可能做出这样的牺牲，也不可能这样具有欺骗性。

实质上，我们相爱是为了避免生存的虚空，是对这种虚空的一种反击。我们人生的情爱维度乃是填补我们自身和外在虚空的一个痛苦的充实过程。人生的虚空啃咬着思维果实和毁灭生存所必需的幻想，如果没有它的入侵，爱情或是一个轻松的练习，一个快乐的借口，而不是一个神秘的反应或者莫名的烦恼。我们周围的任何东西都没有经受过爱欲之苦，而爱欲本身也是人生所遇到的一大骗局。爱来自供给人们感觉的一切，乃是一个最微小的虚空，我们不能放弃它，除非打开宏大而永恒的大自然的虚空怀抱。

爱是生命与死亡的最大值，构成闯入虚空的张力。而任何张力皆是虚空的一种痛苦。

爱情的磨难——如果这种磨难不是对抗充斥宇宙的厌烦及其固有的霉菌的一个武器，难道我们忍受得了它吗？或者说，如果在死亡中找不到一条通往乌有之乡的路，我们还会怀着快乐或者悲叹在死亡线上滑动吗？

*

对于世界的虚空，你不能借助暴力，而只能借助自傲来抚慰自己。每个人都过于骄傲，很难拜倒在明显的事实面前。于是臆造了自我的存在。

*

我怯于面对正在消亡的事物？在经历任何悲伤之后，我依然苟且偷生着……

只是因为不幸已经无可忍受，心开始敲打我。叹息乃是呼吸的理想空间，而幸福并非是生命的体温。

*

爱在*自身*中包含的幸福潜能，极可能比受心灵感染的我们的头脑倾向于相信的更大。那么大醉后的哀乐和音与拥抱中的自杀的滋味来自何方？

爱的命运考古学不仅把现实清晰的痛苦，而且把我们以为已经永远埋葬的一切残缺不全的不幸，把我们觉得已经流尽而延续的痛苦所渴望的流血揭示到台面上。正如瓦格纳①的爱情祭文中所说，过去的阴暗侧影生机勃勃，正在控制我们朦胧的痛苦，所以我们从爱的直接感觉中感受到的不幸比从复苏和醒来的过去中感受到的少。

如果爱情并非大多是一种传染病，那么你或不可能将它与痛苦联结在一起。但适合它的是无尽的甜言蜜语，犹如上帝的许诺。女人或许是一个不存在的无限，但在爱面前，无限会感到脸红。因为，与爱情相比，一切都太渺小。在狂热的爱情时刻，死亡在其面前难道不就是一场常见的儿戏吗？

\*

有些人如果不能思考爱，或会因爱而疯狂。反思乃是唯一的诱导剂。舍此，任何东西都是不可忍受的。那样，我们或许因上帝、音乐或者女人而死。反思的换位思考缓和狂热的冲动，减弱任何肉欲快乐中的虚无倾向。这样，思维成为保持中庸之道的一个工具。

\*

我们焦躁不安，我们理解和思考，为的是替自己的人生进行辩解。仿佛有人从另一个世界带着藐视的神情在观察我们，而我们，为了不沦落为他厌恶的对象，拼力用各种姿态、言语和行动来为自己辩白。希望因此而博得他的同情，得到他对我们生存的奇特性的谅解——而当那个人的名字叫作"上帝"时，我们就乔装打扮自己可怜的面貌，仿佛那不是"悲惨世界"的一面镜子。

---

① 瓦格纳（1813—1883），19世纪后期德国知名作曲家、音乐戏剧家。他强调音乐是情感和心理的表现手段，致力于改革作曲技术，毕生为歌剧的创新不懈奋斗，创作了《尼贝龙根的指环》等"歌剧诗"系列，具有深远的影响。

※

  一切都在伤害着我,而天堂在我看来太过残忍。任何接触都似岩石翻滚,而星星在少女梦幻的眼睛里的折射也像石头一样,使我感到疼痛。百花散发着令人窒息的芳香,而一朵百合花对于一颗逃避一切的心来说不够纯洁。只有一个天使的幸福梦或许能提供一个星辰的幸福摇篮。
  世界在心灵的边缘衰老,而思想正在进入黄昏。宇宙展现着它那令人恐惧的微笑,而我——生命的象征——在其中认出一个食人的天使。

※

  任何东西皆不能简约为一。混沌在各个角落窥视着世界。矛盾不仅是生命的意义,而且也是死亡的意义。任何行动与其他一切行动相同。既不存在希望,也不存在失望,一切皆是意外。死者活着,生者死了。绝对或曰上帝同时是:黄昏、眼泪、嫩芽、野兽和玫瑰。一切在朦胧的醉意中游泳。啊!完全的孤独——怀着上帝附身的感觉——而你却在孤独中妒忌你自己!

※

  如果你没有感觉到大海可以当作你的化名,就没有尝到过片刻的孤独滋味。

※

  医生并没有足够敏锐的耳朵。但你知道,在任何听诊中,你或会发现葬礼进行曲⋯⋯
  因为悲伤,你正在丧失人的立场,如果我听凭自己的冲动自由奔放,或将被埋葬在乞丐或者疯狂的帝王们的墓地里。

＊

　　女人之作为不幸的祸根，只是上苍的一个启示。如果你囫囵吞枣地咽下这些上帝的玄奥警示，不啻用老一套的手段来损害生命，甚至就在贫血的恐惧笼罩着你严重衰弱的身躯，将抽象的火焰倾倒进你的血液之时。

　　完美的爱情，并非是美味的灾难的肉体快感，在同等程度上损害男人和女人。爱不能忍，只能接受。头枕着女人的乳房，你飘飘欲仙，完全脱离了大地。

　　无论你做什么，对于女人，只能拜倒在石榴裙下，即使你患有厌女症。何况，爱慕之情越是不附会某种固有价值，越能赢得更高的声誉。你不倾情女人，但你是她生出来的。为了避免自恋，必须有某种崇拜。

　　你追随女人们，逃避孤独的恐惧，怀着与这种恐惧同等的渴望同她们在一起。因为，爱情比任何东西更能腐蚀你自己。

　　男欢女爱乃是一台手术，你在其中轮流充当外科医生和诗人。一场心神迷醉的屠杀，流星像猪一样号叫——我不知道为什么在爱中有曾经是圣徒的感觉……

＊

　　爱情向我们表明作为一个健康的人能病到什么地步。情意绵绵的状态并非机体中毒，而是形而上毒素发作。

＊

　　关于自杀，无论说什么，没有人可以剥夺其声誉。因为，自杀难道不是一种超越自我的死亡吗？

※

　　我为个性所累,很想让自己安心歇息。我的心或在远方蒙上灰尘,为的是让渴望毒素的蛇来舔尽血迹——而蜂蛇盘绕在大脑中,吮吸着一个又一个观念,充满绝望地爬动着!苍天啊,塌下来吧,你不再有什么可压垮的!因为,繁星正在宇宙中翻滚,犹如发臭的鸡蛋,天堂的所有玫瑰也掩盖不了它们的臭味。我将能粉碎自己影子的思想吗?

　　魔鬼们如果尝到血的苦味,或会悲伤得发疯。而鲜血自动地在血管里流动不息——任何人也不能阻止它……仿佛泪水融化在它中间,发出一声悠远的长叹。谁将在血液里为我哭泣?

※

　　如果爱情并非无限巧妙地预谋的罪恶的不可解的混合物,那么我们多么容易将它归结为一个公式!但是,种种痛苦的折磨超过了约伯的悲剧……情爱是一个轻浮的恶棍……确实,社会并未孤立你,但在减轻你的孤独的同时,加重了你的痛苦。

　　没有任何东西比生命在爱情中的极度搏动更强烈和痛苦地否定生命本身。我们想通过女人把自己同生命联结在一起,无异于在同生命赛跑。生命中容纳不下爱情。因此,女人的芳香犹如墓地的一朵花冠的安息香味。

※

　　有什么比在微笑中自杀更出彩?

※

　　爱的深度依据孤独的潜能来衡量,而这种潜能又是通过姿态、言语和叹息的不可避免的细微差别来表达。我们的心倾向于不赋予爱情比绝望更大的严肃性。当绝望关闭我们通向未来之路，毫不容情地把我们抛进时光的灾难之时，爱情用唯一的幸福诱饵填补丧失希望的空洞。绝望是凶恶的深渊，是无路可走的死胡同，没有任何机会的绝境，而爱情则是一种*面向*未来，向着幸福开放的渺茫希望。

*

甚至连喝水也是一个宗教活动。上帝在最后一根小草上手舞足蹈地享乐。"绝对"与"虚空"……

哪里没有上帝？哪里没有上帝和"虚空"？绝望乃是"虚空"的活力……

*

神学至今未能阐明谁更孤独：上帝抑或人。诗降临了。我终于明白是人更孤独……

*

非现实的微妙启示：当你心怀恐惧时，很想径直走向街角的巡警，问他世界是否存在……但忽然平静下来，暗自庆幸有这种疑问……因为，确实，如果世界存在，你又怎么办？！

*

我爱《旧约》众生：他们是复仇者和可怜虫。他们孤苦伶仃，每每怀着希望，祈求上帝眷顾，不放过任何机会提醒自己，上帝是残忍的，他们没有时间再等待。那时，一般人都有宗教的本能，而今天，只剩下*信仰*，或者甚至连信仰也没有剩下。基督教最大的弊端在于不懂得人与造物主之间的关系已经恶化。有太多的答案，太多的捐客。耶稣的正剧美化了种种痛苦，在宗教事务中剥夺了阳刚扬威的权利。以往，人们冲着老天举起拳头，而今，只是仰天长叹而已。

※

　　谈到情爱的含蓄程度，你只能在宗教音乐中觉察到。你聆听宗教音乐，却不甚了了。女人向着地球的哪个痛苦区域降临在你面前？或者，当令你飘飘欲仙之时，你徘徊在何处能不发现天空？巴赫没有使任何一个情人沉默。你甚至在爱情中也得不到抚慰，所以理解不了他。你可能处在爱情空窗期。或许不仅于此，是处在为人处世的空窗期。

　　然而，除了爱情，有什么还能阻碍我们所有人最终去见上帝？

※

　　我们能听到每个事物的神秘旋律吗？我们将倾听一个微笑？确实，眼睛看见它们，难道它们不发出悠远和甜蜜的音乐？什么样的旋律来自视线并消失在心的旋律的影子中？人们都胆怯地放低了嗓音，而所有的事物似乎向着天空提高了音调。

　　作为一个星空的病人，令人焦虑的临终感使你接近生存的音乐奥秘。一个隐蔽世界的轻飘的哭声，大家都听见了吗？仿佛百花都折断了心中的根茎……只剩下你，还有它们的叹息……

　　你在聆听一支百合花的黄昏？抑或一种不知道的花香的忧伤的旋律？

　　如果我闻到一支玫瑰的芳香直至它的旋律，什么样的哀乐或会为我们优雅地打开蓝天上的那块墓石？而蓝天本身不是正在失去光辉，沉浸于乐曲，下凡到我们人间？

※

　　是谁慰藉你的痛苦？一个少女？但又是谁慷慨大方得直至牺牲，来重拾你的伤感？什么样的纯洁心灵渴望着梦想和不幸，敢于肩负起没有预感到的重担？你或能扔掉吞噬你已逝的青春的毒药？或者因为悲哀的重荷，使自己无辜的眼睛蒙上阴影？什么样的童贞不停在眼睛周围游动？

在透明的血肉中，精气正在衰竭，黯淡无神的眼睛在苍白的爱情所选择的伤感的献身感中闪动着余光。

*

从夏娃把亚当从无用的修炼梦中唤醒以来，她的后代继续着催人梦醒的事业，直至今天她们引诱我们走近虚无的幻境。她们的含糊目光，她们不确定的召唤中的飘渺眩晕或表明依然不理解我们的困惑？

生命乃是得不到抚慰的恐惧瞬间的永恒存在，亚当这个刚被赶出天堂的小鲜肉从中觉察到了无可估量的失落和等待他的无尽灾难。我们所有人难道不是在重温——在一生的进程中——亚当从那个残酷无情瞬间中获得启示的绝望心情吗？上帝创造的第一个人的遗产即是第一个令人绝望的启示。

*

当星星将变成匕首，我的心飞向它们时，一切都伤心得难以在蔚蓝的天穹中描摹突显的悲伤痕迹。我期望消失在每一颗星体之中，融化入每一层高空，在腐朽的星星里建造一个太平间，存放一具在天体的魔力中解体的尸体。

什么样的歌曲沉降进血肉，什么样的靡靡之音使每个细胞迷醉，没有人能阻止它向着死亡挺进？

*

"虚荣"，这个词中包含着那么多不可界定的涵义——佛陀似乎在一家歌舞升平的夜总会里悄悄对我这样耳语。

※

　　自杀远比苟活有为得多。

※

　　有些人如此愚蠢，一旦有某个观念浮现在大脑皮层，立即会因为害怕孤独而自杀。

※

　　如同神经衰弱是对于美的品味的机体产物一样，晕眩也体现我们臣服上苍的倾向。不再有东西支撑你，无论是依傍的柱子抑或凳子都经受不住忧心忡忡的肉体重压。浑身的关节在融解，你倒在了种种杂务莫名其妙的永恒缠绕之中。你的血管预感到另一个世界，不再容纳傲视一切的自豪，自动地向上苍低头。而不再迷醉世界和自我的心灵，则追随肉体，以其为榜样。

※

　　我向往快乐的天使们在一棵垂柳的树荫下讲述的生活。有时候，他们或困惑不解，弯弯的柳树枝用悲悯的轻风启迪他们的无知……

※

　　如果我想看到在生活的进程中是什么东西给予自己更多的财富，自己靠什么更坚强和特立独行——无论爱情，或者肉体的直接的痛苦，身处难以理解的环境中的恐惧和思想的不断悔恨，都不是内心强大的源泉，所有这一切皆在死亡的感觉中被掩盖和净化。没有这种感觉，你盲目地自高自大，最终失去了仅有的点滴光环或者荣耀。但是，当死亡在每一次呼吸中萌生时，我们的种种痛苦的果实保持着某种完整的成熟形态，生命不会那么荒淫无度，而符合其最终目的。只有同旺盛的濒死感相一致，你才能成长。通过死亡的感觉，我们使生命与上帝共谋，尽管我们在生命萌芽时就从上帝手里将它夺过来。我们封闭在个人的一隅之地，没有了死亡的冲破牢笼的诱惑，又怎么办？只有死亡之时，我才超越了自我，死得其所，在梦想和应力中萌生起伏不定的焦虑。当我在骨髓和头脑中预见到末日时，为什么害怕？或是因为有一个细胞不愿死亡？

但是，超过预期的残生极可能很丰富。或许从生命的视角来看，无限是一种病态。否则，悲伤的冷血的自豪又来自何方？

\*

有些女人的目光映现出一首十四行诗的某种完美的凄美。

\*

没有不幸，爱或只是对大自然的一个赞礼，仅此而已。

\*

在每一种芳香中，花朵的无形泪水在泣诉，一股悲哀的溶解力立即吸引着我们。我们淹没在其中，死亡的焦虑犹如一种体液流遍我们全身。它来自远方，在我们躯体的筋骨中悲哀地缓缓升腾。好似一朵玫瑰在我们的忧伤中叹息，为它封圣！

或是充斥着自杀气息的各种芳香朦胧地扩散弥漫着，传导到我们伤感欲绝的心！

\*

即使你知道你的伤感何时与你的理智已经分裂，却依然觉得它始终陪伴着你，你与它一起降生，或者甚至是由它所生。即使你已经去世，它或会使你依然存在，编织着无尽的死亡的紫罗兰色诗篇。

我的生命逆时永生的感觉……我死了，却没有死亡的起点。

\*

当你不复有丝毫作为"人"的感觉，却继续在爱之时，矛盾在一种难以言表的地狱般的痛苦中扩大。爱——不管是好是坏——源自这种生物的本能，而在人身上，它只有在属于人所代表——通过种种缺陷的生命形态时，才能实现。女人——这种杰出的"人"——你不能傲视她，更不能拜倒在她脚下。于是，你生活在她身旁，受着痛苦的煎熬，沉浸在非人的感觉中。当你不复有人的感觉，当你不上不下，而是身处人类命运之外之时，却还爱着一个人类，这是何等倒错反常！女人的幻想以为给你提供了遗忘，却只是在促使你远离一切的一切！

\*

为什么大地不忍打开自己的裂缝，将我吞没，粉碎我的骨骸，吮吸我的血液？只有这样或许能圆那将我置于高山和大海重压下的噩梦。我是不是一具尸体？从阳光的底部窥见太空和天穹如何坍塌，在光底下滚动，将它压扁？我没有死在什么星辰下，什么大海和陆地下？啊！一切已经死亡，万事以死为先！——宇宙吗？我仿佛从一个坏臼齿根下窥见幻影憧憧……

\*

一只吸血蝙蝠——吸走我最后一滴血，然后开始悲哀地歌唱……

\*

一切必须改革——甚至包括自杀……

※

　　人们要求你会一门技术——仿佛生活本身并非是一门技术——尽管那是最艰难的活儿！

※

　　我是一个没有朋友，也没有上帝和恶魔的约伯。

※

　　只有通过思想和行动扩大你的不幸，你才能从中找到快乐和幽默。

※

　　真理——像任何幻想的缺陷一样——只出现在一种不完满的生命力之中。各种本能不再能滋养生活沉浸其间的诸多错误的诱惑力，用泛滥成灾的所谓明智判断来填补思想空白。你开始看到人世万象的本来面貌，于是再也生活不下去。没有错误，生活是一条荒漠之路，你就像一个凄凉的逍遥派信徒一样踽踽独行其间。

※

　　为了一抔无生命的黄土包裹你的尸体，在一个悲伤欲绝的女人怀里结束你的生命的需要……或者谈论如此狂热的爱情，甚至象征纯洁真爱的雪花也相形逊色，自愧弗如。热血沸腾的爱情犹如香气芬芳的精神分裂症……

※

　　在咖啡馆里——比在任何地方更甚——你只能同上帝交谈，别无选择。

※

我依然记得，只有听见自己深夜在蒸汽浴室里的脚步声时，我才*存在*。

我依然将长期是自己心灵的邻居？还能同属于自己的*时间*一起前行多久？是谁将我流放，使我远离自我？

※

悲伤女人们低垂的眼睛——在末日审判之前无须睁开……

※

没有上升到梦想高度的生活就像一部愚昧和庸俗的《启示录》。舍弃了它的非现实系数，有谁能忍受得了？

※

自杀很高尚，这样的思想散发着诱人的芳香……仿佛我们从一个女神手里吞下了毒药，或者从一个堕落女人的花言巧语的嘴里吸入了罪恶。各种隐性的疾病如果不是必然无情地愈益加重到血液渴望恐惧和毁灭的境地，你们此时又隐藏在何方？

※

我们称之为*历史过程*的一切，其源头正在于爱情中的痛苦。如果亚当与夏娃当初幸福地生活在一起，世界上或许没有任何东西会发生改变。"你们将与上帝一样！"魔鬼的这个诱惑，随着从爱情的折磨中诞生的人类的创造接近于神的高度而成为现实。幸福没有历史的品格——随着男人每每不是在爱情中，而是在沮丧中发现"绝对"，上帝变得越来越渺小。

✳

　　自杀的行为是极其可怕的。但你每天自杀似乎更加吓人……

✳

　　一个人的病情可以根据"生活"一词在其语汇中的使用频率来测量。

✳

　　活了将近一百岁的丰特奈尔①对他的医生说:"除了生存的艰难,我别无感受。"
　　你肯定因此会想,那么多的人不仅在临死的病榻上,而且在原初的思维萌发中感受到的是同样的事情。
　　即使生存的重担压得你喘不过气来,也是可以承受的。痛苦只有在"*磨难*"的形式下才甜蜜。
　　"自我"死守着你碌碌无为的残生,正随同忧伤的微风挥发。那么,你的我行我素个性还剩下什么?在被唾弃的魔鬼头脑里传播的痛苦基质。
　　悲伤为一颗魔鬼之心守灵。

---

　　①　丰特奈尔(1657—1757),法国科学家、哲学家、文学家,伏尔泰称之为路易十四时代最多才多艺的知识分子。

# 六

你追切需要祈祷，却不知向谁祈祷……而且你还有其他需要：躺倒在地，暴怒地啃咬大地，倾诉烦恼或者清规戒律束缚肉身之苦。

如果天使们像打上了马掌的牲口一样笨拙，不能懂得俗世和神明的召唤，应否踏上智慧的林荫大道？或者抱头痛哭？抑或乘风而去，借以理解人世眼泪的烈火？

我朦胧仰望天空，很想融化在其中，而低头俯视大地，又很想埋葬在它的深处。于是，很惊讶天地为什么正在融入我的肉体和心灵？我徘徊在天上的地质学与地下的神学之间，感受到种种希望的痛苦折磨。

晴朗的蓝天犹如你午后在一棵果树阴影下注视着的青云直上的那些绿叶，我多么想把自己的脸颊紧贴着它们！

\*

在第欧根尼的心里，花儿变成了尸体，而石头在窃笑。没有任何东西是万古不变的，人随着时间的流逝相貌变丑，世界则变得一片静默，万马齐喑。丧失了耻辱的人们放肆展现自身的丑恶，即使是最清醒的人也以明知故犯的疯狂作为享乐。一切事物在第欧根尼的怀疑的目光中丧失了纯真，他的经验似乎在教我们懂得真诚与虚空之间的更为深刻的联系。

第欧根尼是最真诚的人吗？他似乎是这样的人，从不宽容任何人和任何事。他甚至是一个真诚得病态的人，因为害怕认识*诸多结*

论。而这些结论即是犬儒主义本身。

是什么促使他剥离偏见和虚礼的糖衣？如果不再有任何表象和错误的魔法把他束缚住，他有何*损失*？仅凭智慧就可以达到勇敢和挑战真理？只要良心依然抗拒欺骗和热血冲动，就永不可能这样做。但是，第欧根尼的心似乎挣脱了人生的私利——前所未有的事情——变成了智慧的摇篮、良智的休养和康复所。脱离了循环的热血和无情地自控的生活，哪里还有错误横行和幻想欢唱之地？犬儒主义在这个空洞中绽放，纵容你摆脱一切束缚，容许你放声大笑，藐视一切，将一切，首先是你自己——以完全丧失意识为骄傲的狂徒踩在脚下。犬儒主义者乃是这种完全无意识场景的观众。他们注视着——痛苦或者笑着——*虚空*。

是什么引导第欧根尼去冒险撕裂生存的纯真、精巧和隐蔽的魅力？是什么把他抛进罪人的境地，走上种种不可思议的生活歧途？我们不应该感激他减少了——痛苦的——自以为值得骄傲的幻想？他缺少什么样的慰藉，或者爱抚在什么样的境遇中突然中断，失去了他应该是敏感的或者甚至是与受难者的禀赋俱生的幸福？而一个巨人天生具有追求幸福的倾向，他不能丧失这样的禀赋，即使幸福抛弃了他。

是什么阻止我们在生活中实施犬儒主义？即使在理智推动乃至强迫我们采纳它时？是什么为我们划定了认识不得过度放肆的底线？

我们还记得爱情——种种具有繁殖力的错误之母吗？

爱情中的任何一步都惊动认识，迫使它顺从地与我们并肩或者在我们边上行进。清醒神志的减弱乃是爱情活力旺盛的信号。

然而，当某种东西介入与人生一般广阔的帝国并为理智解脱束缚时，爱情沮丧和呆滞地退缩了。而当那个"东西"是人生本身，或者可能是你在自欺欺人的年龄丢掉更多的经历时，其所产生的空白为冷静和毁灭性的思维留出了无情的天地。诚然，任何人也不能如此恪守成规地继承遗产以致滑入犬儒主义，而是在生活的过程中，种种失望使得世界变得透明，以至能彻底看透除了抚慰别无其他需要的一切。我们现在不了解第欧根尼的生活,在他那个时代,爱情的悲剧决定着思想的进程。但是,如果我们现在很清楚他究竟失去了什么,以及这个失物的去向,那么了解他失去了谁还有什么价值。

*

但愿我能变成上帝手里的泪泉!我在他心里痛哭,他在我心里痛哭!

*

通过激情和幸福,我们战胜生命的相对性,视生命为"绝对"。于是,生命变成一部日常的《启示录》……

*

有一种顺从命运的壮丽景象,你只能在突然不安地见到有人倒在大街中间死亡时认识到。或者还有在巴黎的灰色街道上缠绕着你的那种光怪陆离的困惑,多少次你自问是否曾经到过这里,而那些歪七扭八的倾斜老屋却给予你它们已经濒死的否定答案……

*

种种克服孤独的手段只能雪上加霜,使孤独更其扩大。我们想通过爱情、醉酒或者信仰来疏远自我,结果却只能加深自我认同。在女人、美酒或者上帝身边,你更加凸显你的自我。甚至自杀也无非是我们给予自我的一个负面的致敬礼。

*

战栗向我们揭示,精神依然清醒和完好无损,但血液和肉体丧失了理智……或者,骨骼丧失了头脑,而理性正在品味自己的闪光……然而,天堂或许会在理智之前倒塌!

※

　　爱与崇拜的渴望相比，乃是平庸之举。在崇拜中，生命的种种冲动经过一个纯净的清风世界的过滤。沦为我们非物质渴望的牺牲品的女人，可能真诚地认为自己在爱情中是不幸的。因为，我们给予她太多过度伤害，即使其中包含点滴的幸福感，难道不是这样吗？

　　除此之外，女人永远不会理解为什么在崇拜中，她的在场毫无意义，好似她根本不存在一样。她没有必要存在，也没有必要理解。她怎样才能满足或者享受迷失在爱欲中的对于"绝对"的需要？她崇拜这种需要，却只存在于她不在场的情况下——作为我们品味最崇高的非现实之物的借口。这个浮现在我们面前的"绝对"……名曰"女人"。

※

　　只是在大海面前，你才觉察缺乏诗意隐藏着我们对于死亡之浪的抗拒……

　　诗意味着迷思、放弃、对魅力的不抵抗……而任何魅力皆是消亡，有谁能够找到一首高昂振奋的诗？它使我们放低身段，觅求至高无上之美……

※

　　有那样一些心灵，它们的音乐若能集中于闪电雷鸣般的轰鸣——生命或从头开始。如果我们懂得触动每一颗心灵的犹如宇宙起源一般的琴弦……

※

　　任何悲情皆有本质上的两面性：你想用一只手握着百合花，用另一只手抚慰刽子手。诗与罪能有同样的源泉？

在悲情中，一切皆有两种面貌。你既不能下地狱，也不能进天堂；既不能活，也不能死；既不幸福，也非不幸。一种无泪的痛哭，无尽头的尴尬。因为，它把你从这个世界或者从另一个世界中驱赶出去，难道有什么不一样吗？

你是永远的而非*现在的*悲情者。这个永远乃是你诞生之前的整个世界。悲情难道不是我们尚不存在的过去时代的记忆吗？

\*

苍白的脸色告诉我们肉体能够理解心灵的程度。

\*

天空之广是否足以修补我一颗破碎的心？或者还需乞助大地？——仿佛在一颗生来就被埋葬的心灵中还有什么需要覆盖！

\*

你们可在大海厌烦之时注视过它？它仿佛是出于厌倦自己而兴风作浪。它推波助澜，把浪涛打发走，希望它们一去不复返。但是，浪涛去而复返，反复不止。我们的人生遭遇也是如此。当我们竭尽全力远离自我时，又是谁把我们送回这个自我？

把自己抛弃于大海之中，消散于所有海洋的莫名骚动里，你这种隐秘的需要难道不就是一种无尽厌烦的心态和比地平线更加辽阔的逐渐消失感吗？无论是风、音乐或者拥抱，都不能像浪涛那样令你亲近毁灭的乐趣。一个又一个浪头高高掀起，令你失神和忘怀，用消亡的暗示抚慰着你！大海——犹如对《圣经·传道书》的无尽注释……

一个幸福的人正在解读辽阔无垠的海洋里是何物？仿佛大海是为芸芸众生创造的！为芸芸众生创造的是大地，这片苦涩的大地……但不幸的和弦与大海的和弦结合在一起，构成将我们抛到凡夫俗子命运之外的欢乐和激荡人心的和声。

唯其如此，大海的声调是一种永恒死亡的声调，一种没有终止的结尾、永远绽放的濒死的声调。要在大海的旋律中抓住死亡的战栗，你无须有一颗细腻的病态的心或者敏锐的心神迷醉感，而只需对伤感的奥秘及音调倾心。那时，你不再确知自己的身份，或许会蜷缩成一团，不断打捞自己，以免被自己心里的和外在的海洋吞没。你只能在独处时控制自己。远方的召唤推动你更加远离自己生存的考虑……

大海是消亡的诱惑，不仅是对于借助每天每夜内省发现了这种诱惑的人来说……你面对着它，思虑的只有那些白天和黑夜的灾难深渊……海洋的魔鬼王国乃是一场散发着芳香的暴风雪，是我们不深入自己的心灵更深处就不能拒绝的一个废墟……我们应该在上面耕耘一片富饶的黑土。但是，血液难道不是正在按照大海的节律流动，而那不断跳动的蓝色伤口不也显示出伤感的清高自傲吗？这种液态的巨大痛苦满足了我对无可估量的痛苦滋味的体验，平息了我对于尚未经历过的种种不幸的渴望！大海或将狂怒，粉碎人类心灵的浪涛！

你尽可在海岸上踯躅，把天堂让给那些软骨病人。因为天堂是一个没有恶魔的大海。天堂的圣像只在你关节融化和骨头变软、身处极端软弱和困顿的那些危险时刻，才关注你。大脑构建的最纯洁的图像乃是久违的活力的放射。

你在任何地方也比不上在海边那样更倾向于认为世界乃是心灵的延伸。无论在任何地方，你不能通过简单的注视而心头涌起一种宗教的虔诚战栗。笼罩着神圣光环的完满人生，或是"任何感知皆为启示"的生活。你正在凭借大海黄昏的征象实现这种人生……你们可曾见过圣米歇尔山①独一无二的日暮景象？那时，在一轮垂暮的太阳与比太阳更孤独的古堡之间，整个世界的沉落召唤着我们融入早就隐约预感到的凄美的壮丽景象。随后，你怀着心灵中的那个夕阳漫步在

---

① 法国诺曼底海岸外的岩石小岛和著名的圣地。最早称为托姆伯山，公元8世纪开始称为圣米歇尔山，成为朝圣中心。

孔堡①的公园中，体验与勒内②的厌烦相应的情感。你确实应该了解圣马洛③和孔堡某一天的壮美的悲凉，才能谅解夏多布里昂。确实，除了《墓畔回忆录》中的几页文字，再难重读，因为夏多布里昂的修辞面广，却欠厚实。他的感叹思考得不够，而他的厌烦不够实在。如果说我们毕竟喜欢他，那是因为他的生活华丽多姿，将内心的空虚升华到艺术的高度。

他善于经营百无聊赖的生活，从而促使我们只能充当厌烦技术的追随者。至少他度过童年的房间应该是看得到的，可能成为他同露西尔讨论话题的东西也应该是隐约可见的。凡此种种，任何一个爱伤感的人势必奉为神圣，虔诚膜拜——从中你可以觉察，源自一个瓦拉几亚④乡村的忧伤不可能达到一个孤独的城堡中出现的忧伤的悲哀魅力高度。我们更多是愁苦，而非悲伤，因为我们不懂得悲伤的命运的骄傲，只知道痛苦命运的阴影。

"一个虚空世界中的一颗充实的心"，夏多布里昂这样自欺欺人地定义厌烦。他之所以这样做，是出于极度虚荣。因为，在厌烦中，我们并不比世人更出众，而是像他们一样渺小。如果我们更出众，或可以有足够的力量依靠自我，或有充分存在感，从而不会造成意识的淡薄，产生内心的空虚。极度的紧张状态，不论是出于爱慕抑或痛苦，都使我们抗拒厌烦的渗透，尽管周围世界或可能发出某种不可抗拒的虚荣的诱惑。

你近观事物，只能依据其非现实的面貌来爱它们。存在只能通过非实在性系数来支撑。"无"的潜在性使我们接近"有"。虚无乃是

---

① 法国布列塔尼北岸英吉利海峡附近小城。
② 法国古典作家夏多布里昂（1768—1848）的著名小说《勒内》的主人公，被认为是法国"世纪病"的代表人物。
③ 法国布列塔尼北岸英吉利海峡圣马洛湾的小岛古城，夏多布里昂的墓地所在处。
④ 罗马尼亚旧称。

一种实在的香料。

这样，我更好地理解我们对于女人充满情感痛苦的病态爱慕。虽然女人比我们更扎实地锚定在生活之中，但我们不能剥除笼罩在她们身上的某种非现实性，那是由我们热衷于用来包裹她们的朦胧诗以及性欲的暧昧性构成的。女人是一切，却并非真实存在。女人的形象在肉体和不可捉摸的感觉上越是完美，爱情——不管是成功的抑或失败的，任何爱情中的痛苦就越是深刻和独特。爱情只是在负面的意义上是无限的，将完美性转化为痛苦。不幸的需要只是为了把情爱的战栗当作最高表达时，你才强烈感觉到。

没有死亡观念的性爱是可怕和低俗的。棺木从蓝天下降到了女人的怀里。情爱的两面性即是过犹不及、物极必反、回光返照的这种死亡灾难的提示。

有谁抛弃了大海或者对大海的记忆，而不羞于度过爱情的时刻，无论他感到满足抑或无动于衷？大海难道不是面对任何完美事物的一种困窘？当我们注意到它并无痛苦的眼光时，难道不强迫它后退？伤感乃是每时每刻对广阔海洋的致敬礼。在茫然的梦想目光中，大海延伸着，漫过堤岸，而海水不断把理想的浪潮推向悲哀。因此，眼睛深不见底……

\*

你漫步在女人和其他人中间，思考着自己是不是上帝，这有多么奇怪！你琢磨着自己长生不老的幻想，自言自语道："身处边缘，我还能否控制自我？"——而过路的女人低声耳语道："我喜欢中国绉纱。"

所幸的是还有神秘的以病态为美的女人，她们懂得痛苦的氛围和理智过度清醒的危害！精神是升华到痛苦高度的物质。由于女人贪恋痛苦，所以分享精神。

清白无辜是精神的对立面。幸福和任何并非痛苦的东西也是如此。

＊

公园是*有价值的*荒野。

＊

当你无论在思想或者心灵里不复与人们一致时,必须不断奔跑,借助步速避开和忘掉神经的泪腺结构。否则,你会重新变成栽培自杀的园丁……

＊

精神错乱乃是心中的自我崩溃,自我认同性的极度上扬。由于你丧失了一切理智,没有任何东西再能阻止你自身无限膨胀。

＊

疾病:物质的抒情阶段。或许不止于此:抒情的物质。

＊

无须解释悖论,正如无须解释喷嚏一样。换句话说:悖论不就是精神的喷嚏吗?

＊

悲伤乃是横亘在我与生活之间的莫名之物。犹如莫名之物极其近似于无限……

＊

失恋时,你痛苦得生不如死。你被人抛弃,只得用自傲来抚慰自己;但在一颗破碎的心面前,你还能杜撰什么慰藉?

*

群山以与天相邻来慰藉自己的孤独，沙漠则以海市蜃楼来慰藉自己的孤独。只有人心始终以它自身为邻……

*

我在不幸中打滚，比泥沼中的水牛和厩肥里的猪更糟糕，这种肮脏的冲动来自何方？被屎壳郎和梦幻感染的惰性……

……但你知道这不是你的人生缺陷，而是它的源泉。你还知道，与女人在一起，散漫如何变成永恒的习性……

*

有多少次我注视着天空的蔚蓝和任何蔚蓝，立即觉得不再属于这个世界。是谁称它为最微妙的堕落的抚慰颜色？

如果天空有另一种面貌，那么宗教或许会劝人亲近大地。但蔚蓝是分离的颜色，所以信仰变成了飞跃出这个世界的玄学。

不管有任何色差，蔚蓝乃是内在性的否定。

*

我越是厌倦自己，就越是更像自我。伤感使我们摆脱"*自我*"，因此是自我的恶魔。

*

面对死亡的世界，生命的混沌无限广阔。

*

圣徒们说过许多荒唐话，所以你在咖啡厅里不可能不想到他们。

✳

死亡感是令人心酸和残酷的，仿佛一只天鹅和一头豺狼在鲜血的毒液波浪中沉浮……

✳

你阅读哲学家的著作时，忘记了人心，而你阅读诗人的作品时，不知如何摆脱人心。

哲学过度沉重。这是它的重大缺点。它缺少激情、酒香和爱情。

没有了诗，现实成为一个负数。一切缺少灵感的东西无不乏味。生，尤其是死，皆是灵感状态。

一切事物的衰竭，皆因耳和心中的诗意濒临枯竭……

✳

伤感？一支玫瑰垂危时被活活地埋葬。

✳

你被悲情的崇高感所触动，从芸芸众生和世界中解脱出来，在回光返照中苟延残喘时，没有任何东西再阻止你相信：自己降生于一个永恒的秋天，是自生自长的。

✳

一个没有开始的梦想的九月在我心中游荡。

✳

一个令人腻烦的人是一个不知腻烦的人。

生是走向死的不断的减法,而个体则是无限的一个危机。

*

对生物的不断注视乃是腻烦的根源。存在敌不过精神,多么可悲!甚至上帝也会在我们的目光中消失。
虚空是上苍的目光。

*

快乐是纯粹存在——自我之外别无其他存在的心理反射。

*

死的愿望隐藏着太多对绝对和完美的追求,太多对错误的麻木,以至生的渴望借助未竟之业的诱惑力和令人迷醉的种种错误的吸引力变成了魔咒。迷恋不完美岂不很奇怪吗?
怪异的偏好挽救着生命。死亡显然甘拜下风,趋于沉没。

*

无论生命乃至死亡皆无雄伟壮丽可言,这样的气势只存在于永远巍然耸立、直上云霄的虚无缥缈之中,就像勃朗峰①那样。

*

试看那些好似患精神分裂症的山峰:奇怪的是它们始终昂然耸立,直插云霄,却不觉得孤独。
山给你的感觉并不是无限,而是宏伟——我们觉得无限的乃是大

---

① 阿尔卑斯山最高峰,位于法意边境,其雄伟的气势和壮丽的景色为人称道。

海和不幸。

我也许有心到达阿尔卑斯山与蓝天的交汇处。

伤感使我放弃登山运动。你在*山脚*下也完全可以理解高山……

\*

不会微笑的女人使我想到天堂里的消防队员们的音乐。

\*

只有药物学还能制止思想。

\*

在失眠的毒素败坏了你的身体之后,没有任何事情再能在阳光下展开而不令你恼怒。或许只有百花关于死亡的对话除外。

\*

无论面对任何事情都感到痛苦,在悖论的漩涡中尤显平庸;在矛盾的烦恼中丧失思想的平静,却以此为骄傲,实在令人难以忍受……除了放纵思想随着凋零的现实堕落,除了穿透遗忘的平静和污染任何新鲜事物的阴暗观点,不再剩下任何东西。于是,你或会惊奇为什么天鹅——肉体中的愤怒的心灵——使你觉得是独眼的(因为它们目不旁视);为什么晴朗的天空惊醒你的白痴大脑里的光辉偶像,生活比一个轻浮的圣徒更加可笑?

愿阿尔卑斯山的泉水使我的头脑清醒,使我的心灵冷静!正因为如此,我才愉快地发现无知的潇洒,无论在山谷和平原抑或大海和荒野里,都不敢重蹈亚当的灾难性好奇的覆辙,警惕地将自我逐出脑际。

你一生或经历罪孽的悲剧,而有时觉得自己如此清纯,天鹅的翅膀载着你飞向天使岛,守护天堂的临终礼!

然而，只有置身罪孽感中，你才是本来意义上的人。因为，人之为人，意味着在具有坠落现象的大地和良心的任何纬度，你都感知得到自我的存在。

谁不觉得*正在向地狱走去*——即使他正在积极工作和创造，或者是名人和天才——就丝毫也不懂得人的命运的特殊性，而不知道诬陷、堕落、走向深渊的不可抗拒的吸引力的人——无论如何达不到他们命中注定的位置。

只有排斥这种成果丰硕的冥想魅力之人，才名副其实正在走向死亡，虽然他们在生命的任何时刻都不会折断自己的脖子了却残生。就其他人而言，一切，首先是生死，乃如影随形，不得不面对的未竟之事。

※

理智清醒：保持旁观者的感觉。

※

人一般是物。因此，他们觉得有上帝"存在"的需要。当你从物过渡到自我时，上帝超越了他是否存在的事实。正如自我一样，"他"变成一个*自在的*虚拟存在。

※

只要存在只是一种状态，你就不能在世间达到平衡。因为，在这样的条件下，你继续不断地与它分分合合。当然，存在是不可缩减的，是一种纯粹的抗力，在它面前，我们无须考虑它是否与主观一致。

世间的不平衡，意识发飙的产物，来自不能*中立地*思考现实。任我们怎么努力，它也只是状态，不管我们赞同与否。意识的主观重点的加强缩小了思维的独立性。你得益于强度，现实的存在状态遭受相应的损失。

意识呢？不复停留于思维的水平。

\*

如果说在神志恍惚中，宇宙的所有质点与我们的辐射中心不可分离，那么在恐惧中，这些质点与我们的距离皆相等，没有一个与我们无关。没有任何东西把我们同世界分隔开，虽然它与我们敌对。神志恍惚和恐惧——尽管很不相同——以同等的方式迫使我们投入世界。

因此，你困惑于如何对这两者进行选择，以至不再能分辨哪个是自我，哪个是世界。在这两者中，不复有任何东西依然保持中立。一切参与其中，没有任何东西置身事外，没有任何东西是客观的。

在恐惧中，你不知道究竟世界是自我的负面的延伸，抑或自我是世界的负面延伸；而在神志恍惚中，你不能分清事物的整体，以至单一的错觉吸尽了事物的一切差异。

\*

利他主义的荨麻和圆石的世界邀请彼此跳小步舞……或者腐尸的世界像在滑稽舞剧中那样欢笑……

现实应该是富有生命力的故事，除非遭受封杀。

\*

变成集体的精神存在，造成一个民族的成长出现贫血，由于精神升华的紊乱而使这个民族近乎衰落。一个国家的终结一般是历史上的"过劳死"，是可以理解的和命中注定的衰竭。处于日薄西山的没落期的希腊和罗马的高傲解体，以一种循环往复的命运为前提，乃是一味穷奢极欲的终极救赎。一部创造的历史必须以付出生命力的创痛为代价，没有任何东西比一个饱受苦难的庞然大物的清醒和开朗的老年更令人震撼。

但是，也有一些民族并未因精神透支而触底沉没，或者达到了鼎盛，但又从头再来。荷兰——其绘画可与德国的音乐媲美——在*健康方面*没有退步吗？在其历史的顶峰之后，她给自己"造"血，大众为了改变苍白的病态，选择为黄油大唱赞歌。或者还有瑞典，不是因创新失败而正在消亡吗？——有什么能阻止她在日薄西山中光荣地枯竭？怎么可能有因惧怕"历史"的不断贫血，而没有天定命运的国家呢？世界的未来记入史册的只有那些不屈不挠，不在命运面前低头，而是以必胜的姿态，临危不惧走向衰亡的民族。

创造的危险使多少个人和国家远离精神。健康第一，对抗自然。花儿为了避免枯萎而保持自己的芳香？香味是一朵花的*历史*，正如精神是一个人的历史一样——现在没有枯萎的民族从来不是永世长存的。

# 七

时间有时那样沉重,你因此头疼欲裂。

未来在大脑里凝固,存在蒙上罪的色彩。

个性是孤独的欢宴。你向着"存在"或者"虚空"倒退,向着救赎倒退——毫无希望。

佛陀无论如何太过天真……

\*

在孤独的茫茫大海中,你似乎被一个魔鬼为了讨得上帝残忍的欢心,紧紧掐住了脖子。

因此,头脑在孤独的海洋里编造出一种毫无责任感的神学。

\*

认识扼杀爱的致命错误,而理性在心的废墟上构建生命。

\*

任何清醒的神志皆是血液的暂息。

\*

为了从这个世界隐退,你必须洞察衰老、疾病和死亡?佛陀的姿态很像是对种种事实的一个礼赞……他的隐世不存在悖论。你如果手握真谛,那么没有任何道理抛弃生命——但你生活在内心与一切分离的状态中——有道理反对孤独！佛陀的道路是按照普通人的尺度开辟的……这位王子思想家的沉静或永远不会理解你如何能像他一样洞察入微，却眷恋这了无意义的俗世。难道佛陀也曾经是一名教师？在他的取舍中有太多的清规戒律，在悲伤中有太多的坚持。当然，他或会谴责有人拖着自己的空皮囊混迹人世，不理解你如何在大千世界的虚空中笑对人生。因为，他没有经历过某些极端的不幸，生死皆心安理得。如同不屈服于生活的命定陷阱，抗拒时时刻刻建功立业和涅槃重生的无谓诱惑的任何一个人。

*

当一切思想淹没在血液中时，你或许会从哲学家突变为心脏的一个律师。

*

试看平静无垠的晴朗天空：难道会存在恶？——你的思想随后沉入蓝天，以揭示只有梦才与恶的永恒再现不可分离——求变的负面狂热。

天空先于人，而诗"存在"于两者之前。如果目光朝广袤无垠的蔚蓝匆匆一瞥成为梦的源泉，那么它们怎么可能落后呢？天空没有争先——只要诗人们不去插手，它自行关闭。为的是让我们在眼中——在它的残骸中——看到自己；让我们在诗的失事，亦即人的视线中抚慰自己。

*

虚空的意识与对于生命之爱同在？
一个街头的佛陀……

一个理念熄灭了心灵的愉悦，创造了肉体的快感。你麻痹反映，唤醒反射。只有在生命中止时，你才思考。

*

有的生物往往不能"安居"于自然界，因此面临"恶"的出现。一切失败的事物皆源于此——而恶是与生俱来的，所以一切生物都必须同恶进行斗争。

就上帝不能自制的程度而言，由于其身份的尴尬，是恶的参与者。否则，上帝岂不成为最大的失败者？

至于人，寻求近似于亚当的命运，通过同恶的斗争赢得了自己的尊严。他们的失败具有某种令人鼓舞和英雄的色彩：他们并不呈现为生物，也在自然界没有任何*地盘*，从他们没有身份中创造了自己的身份，所以任何人不能再说人是某种物，某种虚空或者万物。

我们所有人都知道或者猜想到何谓一头牲口或者一个上帝。无论如何，它们"*存在*"着，但人不存在。他们难道不是各界之间联系的一个动因吗？噢！但愿是吧！但这个身份即是"恶"的定义本身。

在试图以绝对的方式拯救上帝的"严肃的"神学中，恶找不到有效的解释。神正论在这个基本障碍面前是不能令人满意的。

恶的存在将万能的主改变为一个老朽的极权君王。时光的变迁吞噬了他的奥秘和权力。

恶只能比作一个世俗的……上帝。

*

人不知道自己能扩展到何方，他的疆界有多宽广。我们时时忘记个人的命运，生活得好像我们所看见的一切那样。没有了这种自欺欺人的信条，我们无论做什么或都能揭示自己的边界。

但个人的意识把我们固定在世界上，无情地向我们揭示了自己的处境很难引以为傲，以至我们迷失了，不知道我们的边界在何处——但我们如果知道在何处，或许更加糟糕。

人探索着自己的命运，既骄傲又悲哀于无处可觅。只有灾难才会揭露个人的渺小：因为，在灾难中你才尝到束手无策的苦楚，看到自己的地盘小得可怜，受制于一切，首先是受制于自身。

\*

不思考人的思想家们，不懂得为认识而经受痛苦，对每个思想签署你的判决，或者以一种高傲的悲情平息自己的激进热情意味着什么。

人类学是动物学与精神病学的混合。你可以构建空想——仅止于镜花水月非叹息而已。天堂难道不是植物学的一段盲肠？

\*

肉体的快感使我们脱离世界，特别是失去心灵的愉悦，只产生感官的刺激，缺乏宗教的色彩。没有任何东西比天空更强烈地使我们回忆起我们试图借以忘记它的那些战栗。

\*

只有借助死亡，人才不复是时光变迁的一棵野草，从花朵的纯洁的病态中获取到某种元素——如像思想源自肉体初始的黄昏一样，花朵源自物质梦寐以求的贫血。

\*

为了坚定不移地相信人，你必须消除内省的能力，不懂历史。只有心理学家和历史学家才有权藐视"理想"。

✲

　　在生命的空洞中，什么也不会发生，什么也不会经历。愿望产生时间。因此，在内心的一片空白中，在情绪的绝对平静中，在渴望的沙漠和血液的沉默中，你突然发现时间的广泛缺失及其流逝的幻想。而当一个古老教堂的钟楼在夜里按时敲响时，当当的钟声更加痛苦地告诉我们时间正在逃离世界。那时，瞬间的永恒叹息无限广阔，我们的思想和躯体皆埋葬其中。

✲

　　在孤独的战栗中，你充斥自己置身于世界之外的另一个实体的感觉。对你的离群索居，不管或能找到多少抽象的理由，但实际上你不可能克服不可减弱的痛苦。人们似乎是某种不能倾诉的错误的牺牲品，而理智——为你的迷茫激情准备的一个空间。什么东西在你心中扩大以致不再能在自身中容纳？对于脱离了理智而无限疯狂和宽广的一颗心来说，永恒太渺小。在这颗心中，是什么还在悸动，挣扎着要跳出一个万马齐喑的世界？

✲

　　一个思想可以吸干海洋，却不能吸干一滴眼泪；能遮蔽星辰，却不能照亮另一个思想——一个不幸的光环。

✲

　　从减少活力产生的结果是神志清醒，就像用任何方式丢掉幻想一样。洞察事物并非沿着生活的方向前进，只是多多少少看清某件事情。你存在着，但往往不知你自己存在着。存在意味着你欺骗自己。

当你觉得生存可以承受时，任何一个诗人都是怪物（诗永远具有某种*最新*的意义，否则就不成其为诗）。

*

在浑身的骨头开始悲哀地吱嘎作响之前，你是"人"……在此之后，一切道路都向你开放。

*

没有死的愿望，我或永远不会有良心的袒露。

*

当我的手将肋骨当作一架曼陀铃一样抚弄时，死亡的感觉具有了长生不老的形态。
而当混沌告诉我万物时，一切感觉都在一个空洞的心灵中点燃。于是，女人的混沌比世界的混沌存在得更久。

*

你从中找到生的论据越少，你会越多地眷恋生命。因为，对生命表达的爱只有通过荒诞的张力才有价值。
死亡掌握着一切，停止再进行说服。理性的支持是它注定拥有的。
论据的缺失拯救了生命。在这样的困境面前，你或会依然保持冷静吗？

*

你撰写一片云彩的传记比谈论人更为容易。当谈论人时，*任何事*

情皆是正当的，那么你还能说些什么呢？

上帝怀着仁爱之心，容忍自己被纳入一个定义；人，却不能容忍。万物都得向他弯腰屈膝，他能"做"一切，就像既存在又不存在的任何事物一样。

\*

懒惰是一种肉体的怀疑主义。

\*

证明某个论断，左右猎取论据的需要，其前提是精神的贫血、智力和一般人格的不稳定。当一个思想强有力地猛然冲击你时，它源自你的存在基质。证明它，将它置于论据的包围之中，意味着弱化它，你怀疑自己。一个诗人或者先知毋须证明，因为他们的思想即是他们的创造，理念无别于他们的存在。方法和体系乃是思维的死亡。即使是上帝，也断断续续地思考，绝对的断想。

\*

你常常试图证明某事，置身于思维之外，与思维并立，而不是在它之上。哲学家们与种种理念并立而生，他们耐心和乖乖地追踪理念，只是偶尔与它们相遇，却从来不置身其中。

你若不是痛苦、永生、上天和荒野，怎么能谈论痛苦、永生、上天和荒野？

一个思想家必须化身为他所说的一切事物。这是来自诗人和你试图体验的肉体快感和疼痛的经验。

\*

内心的虚空犹如无音的音乐、无声的歌曲。它无声的波浪运动神秘地横插在我们与世界之间，将我们与暂且的生和必然的死分隔开。

创造的灵性将达到什么样的痛苦升华？为什么任何近在眼前的东西都使我们痛苦？为什么为了遥远的一切，我们呼吸急促，热血膨胀？

哪里有女人的柔弱的手臂紧紧搂抱着你的身体，而你思绪万千，浑身战栗，俯耳谛听着她沉醉的心的跳动，怀着感官得不到满足的高度恐惧?!

※

当我闭上眼睛，我的边界扩展至世界的边界时，什么样的神秘听觉在天际为我解读着一群疯疯癫癫的孩子的童声合唱？

……在一个夏天午后的变化无常的漫长时光中，一个小淘气的沙哑嗓音比一个疯子的祈祷或者一个自杀者不由自主的狂笑更使我烦躁。

※

一个思想家没有理由比生活本身更多地说三道四。

※

除了成为诗人、数学家或者将军，其他都不值一提。

女人除了丰富灵感之外，或许不应存在，可能还不止于此，世界除了成为作诗的遁词之外，也不应存在。

诗人既不歌唱蓝天，也不歌唱大地，而是歌唱存在于伤感之中的一个无形世界。

※

一个公园中的诗乃是*国中之国*。

※

怠惰是专属生理学的一种伤感。

\*

一个悄然泻下的瀑布构成一幅我们通常称之为心灵的图像。

\*

上帝并非是满足我对"音乐"无限需要的尝试,而是其他东西?

热爱神修、音乐和诗歌的人必定是一个天生情种,一个精于声色之好的浪子,在爱情中找不到完全的满足,追求超越生命的极度享乐。如果你能达到爱情中的极致,那么你还追逐什么延长和精巧的肉欲快感?你不可能觉得有这种需要,而如果你抽象地有此癖好,它们很可能启发你产生持久和强烈的热情。

在完美的爱——及其一切固有的庸俗情趣中,我们感受到对于其他世界的憧憬,作为娱乐或者借口。那么,音乐、神修和诗为什么会成为生命的基质呢?

跃出世界,其前提是个性化的溢出。替代了人类的直接的、合理的和必需的爱的任何纵欲,也是如此。

\*

不能设想没有疾病的暴力。最危险的人是健康受损的人,这并非危言耸听。

历史是由不断测试自己的脉搏的人引导的。

\*

界定疾病的各种因素包括:意识的泛滥、个性的极点、机体的透明、脆弱的理智、与"迷失"成比例的能量、陷入混乱的呼吸、反射的植物性沉思、内脏的自负、受到伤害的肌肉的虚荣、不宽容、天使的仁爱和刽子手的兽性。

一个在天堂门口长大的上帝看来是一个普通的病人。否则,似乎不太可能在他的每个细胞中滤出一个悖论？疾病是机体组织的感悟状态，肌肉的强壮狂躁症，血液的帝国主义狂热。

当躯体的一部分出现病变时，或者当你完全生病时，就会觉得启动了思考的天性。这是负极的最大正能量，内脏向精神转化的一个极限，物质的一个辩证活动，即刻的抽象努力。

没有疾病——现在我们或许已在天堂里。病理学研究天性的各种天才状态。

健康乃是张力的缺失。害怕生病无非是我们在自己并未预料而使我们害怕的圆满状态面前感觉到的困惑，因为我们只习惯于平衡的中性存在，而疾病则是一种接近虚空状态的放大了的力量。

\*

一切没有乐感的东西皆是表象，错误或者罪孽。

\*

啊！如果死亡之雾富有旋律地袅袅升上天空，或将把一颗愕然的星笼罩在洪亮的赞歌中！

\*

如果没有伤感，音乐与死亡能有机会相遇吗？

在我们或将成功地把整个生命融化在喧腾的大海中的那一刻，就不再对"无限"负有任何义务。

音乐的侵袭有着绝对的魅力，在音乐的旋律下，你觉得自杀者是不求上进的人，大海很可笑，死亡是一个插曲，不幸是一个遁词，爱情是一种幸福。你不再能做任何事情，不再能思考任何事情。于是，你想发出一声散发着香味的叹息。

※

瓦格纳似乎榨干了幽灵的整个悦耳音乐的精华。

真正热爱音乐的人在其中寻找的不是一个庇护所,而是一场罕见的大灾。宇宙不是正在向着自己的毁灭升腾吗?

※

音乐正像思想一样,也安顿在生命的虚空里。每一滴新鲜的血液,每一块鲜红的肉都在抵抗着令人激动的诱惑,不留出受蛊惑的空间。但是,疾病正在为各种诱惑制造地盘。随着生命受到侵蚀,"绝对"一步步挺进着。我们的一切正融化在音乐和死亡的无限时空里,物质正在失去自己的边界,我们正在摧毁自己的边界,为音乐和死亡的入侵提供广袤地盘,这难道不是很有启发性吗?

※

我们每个人在不同程度上都怀有对混沌的眷恋——表现在对于音乐的爱中。这难道不是处于纯粹的潜在性状态的宇宙吗?音乐即是一切——除了世界之外。

※

疾病——"绝对"的不自觉的通道。

※

神志乃是存在的日常罪孽的反映,而认识则是怀旧的一种通俗形式。

※

生活如何折射于一个未受认识污染的灵魂?如果我们知道短暂的

生命怎样可以活得像永生不死一样精彩，天使们是怎样得到安置的，或者愚蠢行为的内在景色伸展到何处，答案或许很容易。

*

在上帝那里，你比在巴黎的一个阁楼里更加孤独。

*

各种思想在你心头燃烧之时，你或能勉强进行思考！但是，当你脑海里狼烟四起，心头火花闪烁之时，还能形成什么理念？

*

你有死的意愿，并非是想死，因为你没有彻底厌恶苟且偷生，依然为充当创世错误的俘虏而骄傲。

但是，发现了死的意愿的人既不再能言生，也不再能言死。生死两者都是可怕的。肉体的快感只存在于那个意愿之中……存在于那个构成死亡的既甜蜜又痛苦的模糊感的战栗边缘。

*

多少次，我抬眼仰望天空，遏制不住一种无限失望的感觉。但愿有一支讨伐蔚蓝的十字军马上出动！我多么强烈地希望自己葬身于这深刻悔意的颜色之中！

秋天向我开火，我心烦意乱。

朦胧的死亡之歌拖长了声音，犹如永生不灭的一个泡沫。在临终的迷惑性的回光返照中，我是上帝的音乐海洋中的一条戴着王冠的沉船，或是在上帝心里飞翔的一个天使。

*

犹太人由于太热爱生命，所以没有诗人。

✴

不幸的紫色味道……

✴

黄昏有着幻觉的某种美。

✴

新时代强烈地丧失了伟大的终极感,以至耶稣今天或会死在一张沙发椅上。科学消除了迷津,减弱了英雄主义,而教育学取代了神话学。

✴

成长是万物的固有愿望,怀旧的一个本体维度。它使我们理解世界"灵魂"的意义。

当我们深入它的奥秘时,被一种感动的战栗和近似宗教的困惑所笼罩,这是为什么?难道"成长"是背离上帝的一种逃逸?莫非它忧伤的行程乃是向上帝的回归?很有可能是这样,从时间发出叹息的那一刻开始,从一切方面来看,时间是在追逐上帝这个绝对主宰。怀旧更加直接和戏剧性地表明人不可能确定自己的命运。成长过度,人在成长的不稳定性中体味到自己缺乏身份的无奈。他不是仿佛总是急着同时间"赛跑"吗?

✴

如果"存在"的一切并不使我忍受痛苦,那么我会因为自己的存在而感到痛苦吗?没有了痛苦的余香,有谁还能忍受生命的劫难?而你尽管受苦受累,深受其害,却乐在其中,在悲歌中向着长生不老,向着消亡的永恒之路——别名也称"生命"之路——挺进……

# 八

  死亡的念头有时只是表达我们引以为豪的一种敏感性。也就是说，我们想成为未来意外变化的命运的主宰，避免沦为重大灾难的牺牲品。
  我们仅借助死的愿望来超越死亡，因为我们通过自己的*生活*来扼杀死亡。当这种愿望在你心中肆意扩展而缺乏界限时，临终时刻只不过是一个乐曲的强音而已。这是缺乏创造的骄傲所致，因为没有那种给人以快感的走向死亡的衰竭。只有通过你自己不断熄灭，来熄灭你心中的消亡感，使它无限缩小。不懂得临终前死亡逼近的人，临死的未成年人，在无知中可怜地翻滚着。他*跃入虚空*，而你一旦被吸入临终的波浪中，就*滑入死亡*，仿佛回归到你的自我一样。

*

  当你知道什么是死亡的滋味时，不能再相信自己曾经不懂得这种滋味而生活过……或者曾经闭着眼睛经历过垂死的种种场面的甜蜜。多么奇特的复苏使你发现生命熄灭的绿茵和无止境的叹息的美景！进入日暮阶段历经生死之劫而康复的人，永远年轻。寻找着死亡的旷野，因为生活本身不够宽广，遏制着你的呼吸，以免苟延残喘的噪音遮蔽最后的梦的展现！
  秋天的午后是那样死气沉沉，令人伤感，以至在时间的废墟上，你停止了呼吸，在失却永恒性的荒漠上，心头的任何悸动也不复能激起凝固的微笑。于是，我了解了一个末日之后的世界……

\*

在上帝那里，除了一种与人相悖的治疗法，别无其他。

\*

你将爱的种种痛苦融入音乐之中，就能得到解脱。这样，爱情的狂热力量消失在模糊的广度中。

当激情过度强烈时，瓦格纳的委婉动听的乐曲将这种激情无限地融化，代替痛苦的是你快乐地荡漾在水平的扩散运动之中，老气横秋地躺在一个旋律的旷野中……

瓦格纳——无限不满足的音乐——为巴黎的建筑风格的灰色情调而作曲长叹。这里，石头隐藏着音乐的夕阳西下，充满遗憾和愿景……而街道纵横交错，倾吐着自己的种种秘密，并不回避那忧伤的眼睛。巴黎迷蒙的蔚蓝仿佛将雾气压缩成乐音，瓦格纳的曲调的起伏波浪在某个地方与天空交汇。

\*

一座大教堂的灵魂在大理石的垂直重压下疲惫不堪，发出痛苦的呻吟。

\*

我很希望得到可以从中过滤"时间"的手的抚爱……
……或者得到从熊熊燃烧着的天堂中挣脱出来的眼睛痛哭。

\*

我越来越相信人只是"物"：或好或坏。仅此而已。

而我难道不只是一个悲伤的物吗？只要你不是因为生活在人们中间，而是因为自己是人而感到痛苦时，你有什么理由将自己的焦躁不安推向极端?一种为自己感到羞愧的物质依然是物质……一切莫不如此……

在一个满是荆棘的世界里,我仿佛是一棵为自己的枝条伸向天空而哭泣的杨柳。

*

当大脑停摆时,心脏为什么还在跳动?

当血液变黑时,眼睛的霉绿还在向着什么开放?

什么样的浓雾刺进内脏?什么样的墙壁倒塌在建筑结构里?

骨骼向着什么人在空气中吼叫?而空气为什么迫使我莫名其妙地突发悲情?

什么样的自溺的召唤推动我对死水的种种思考?

上帝啊!我能踩着什么样的绳梯攀缘到你的身边,借助你的冷漠来粉碎我自己的肉体和灵魂?

*

人们并不生活在自己中间,而是生活在某种其他的东西中间。因此,他们有忧虑。他们没有办法。他们之所以有忧虑,是因为无法须臾缺少忧虑。只有诗人同他自己在一起并活在他的自我之中,一切事物全部垂直落在他心间,难道不是吗?

凡是没有整个现实*通过他*来呼吸这样的感觉或者想象的人,都毫不怀疑诗的存在。

将你的自我视为宇宙,乃是诗人们的奥秘——特别是*诗魂*的奥秘。他们——出于奇怪的羞怯感——悄悄地平缓自己的感觉,以便难以言表的无限兴奋在一种梦想的永生中不断延续,而不是在诗行中埋葬。没有任何东西比诗歌天才更多地扼杀内心的诗和心灵的朦胧旋律。我是心头涌动着没有写出的所有诗句的诗人……

诗人深受他自己的折磨,是一个自私自利的人,是一个利己主义的宇宙。他并不悲哀，而整个世界在他心里是悲哀的。他的任性具有宇宙射线的形态。诗人难道不是世界自身借以变成透明体的最弱抗力点吗？他内心是否存在着病态？一个受损的世界——于是出现了诗人们……

\*

眼见芸芸众生被自己的命运压得喘不过气来，你怎么能不为自己作为人而感到痛苦？

当我们怀着人*很快*就将不再作为人而存在的感情苟活时，历史，真正的历史就将开始。我们至今怀着种种理想生活，从此之后，我们将*自主地*生活，也就是说每个人都将以自己的孤独为骄傲。他们不再是单独的个体，而是一个个"*世界*"。

亚当*降*为人，我们应该将降为我们的自我，固守我们的界限，保持我们的视野。当每个人将在其界限内呼吸时，历史终结了。这就是*真正的历史*。"成长"悬浮在绝对意识中。人的心灵中不复有任何信仰。就理想而言，我们将太过成熟。只要我们还为失望和幻想烦恼，那么就不折不扣依然是人。我们几乎没有一个人能够*直面*世界和虚空。我们是人，永远是人：因为我们尚未觉得心灵痛苦的需要？

做一个"普通人"，意味着没有对肉体痛苦的渴望就不能呼吸。它是个人的氧气，是横亘在人与上帝之间的精神的满足。"成长"——它的涵义……

\*

如果我不喜欢善意地关注各种错误，不用甜言蜜语的欺骗来麻痹意识，那么在一个无情的狭隘世界中，残酷的监视会达到什么地步？

在一个我的心好似沙漠中跳动着的喷泉的时刻，任何疯狂举动都不能给予我丝毫慰藉。

※

　　经验误人。人成为一条死胡同,而非人有着更多内涵:一种可能性。

　　试看深藏在你眼睛里的一个"同类":是什么使你相信不再能期待任何东西?任何人都太渺小了……

※

　　与害怕你自己相比,怕死、怕黑暗、怕鬼怪算得了什么?难道存在着另一种恐惧?不能将一切归结于它?生存的无限厌恶和形成或者没有形成的对各种事情的腻烦,一个自我发动的世界的可怕和敏感到时间的磨砺——凡此种种如果不是来自我们在自己所处环境中的自我排斥的战栗,又来自何方?仿佛无论你走到哪里都会遇到比你更可恶的东西,尽管你是笼罩于世界之上的恶,如果不反对你的自我就神不附体!与你时常偷偷地窥视自己的存在而打开的空洞相比,隐蔽的岩穴并非那么可怕。什么样的虚空为了避开你的残酷无情,在你的心中惊得目瞪口呆?你还能心神合一吗?为什么大树依然伸向天空,而不垂下叶子,来遮蔽你的悲伤,埋葬你的恐惧?

※

　　有谁将在某个时候解读这样的正剧:应该辩证地诠释泪水,而不是听凭它们流入诗句?

　　又有谁将会知道需要克服多少阻力才能实现思想涌现的愿望,又有多少挫折作为观念萌芽的代价?精神乃是青春结出成熟果实的秋季!

※

　　上帝啊!请让我从自我中解脱出来,我早已从世界的芳香和瘴气中解脱出来。让我的思想升华到满是歌声的忏悔，不要再听任我与自我为伴，而是在我的心与思想之间铺展你的旷野。难道你没有看见我的注定充斥诅咒和哭泣的凶恶的命运之神吗？

无能的圣诞老人，我对你能有多少祈愿，需要经过多少筋疲力尽的努力，才能对你的冷漠发出一声怒吼？但有谁告诉我，我也是一个老人，一个比你更年迈的老人，我的心比你的胡子更苍白？

如果我能自由地发出自己的声音，我们的思想在何处还能汇合？上帝啊，难道你没有看见我们将发生剧烈的翻滚？因为无论是你或者我，除了我们自己之外并无其他任何依靠。

我曾经希望依靠你——结果跌落在地；你曾经希望依靠我，因为再也没有什么能坠落之物！

\*

与哲学相比，诗代表张力、痛苦和孤独的一种正能量。但是，毕竟存在哲学家荣耀的时刻：在他们感觉到独享完整的认识之时。那时，一片叹息之声在逻辑中扩散。只有悲歌的壮丽还能创造富有生命力的观念。

\*

上帝乃是我们离弃生命的最顺利的方式。

\*

犬儒主义者既非"超人"，也非"亚人"，而是"后人"。当你从自我缺失的痛苦中摆脱对于你自己或者任何人的陈述时，终于能够理解甚至喜欢他们：我曾经是人，但现在不再是。

当你觉得自己不再是任何人，甚至也不是第欧根尼时，就连空虚也不再感觉到，耳朵里也不再有虚无的喧哗……

\*

德国浪漫主义——或曰德国人认识自杀的天赋的时代……

\*

当你怀着恶意接近上帝,通过影子接近生命时,如果不是达到一种消极的神秘主义和黑夜哲学,还能达到什么呢?

没有信仰而侈谈信仰,不懂生活而侈谈生活……这样的悖论被暮色强化,被晨曦加深,你把它融在流血的哀伤中。

\*

你沉浸于认识,虽然劳累过度,却只是在后来才感觉到精神得不到休息之后的极度疲惫。于是,你开始从认识中*醒来*,感叹盲动的魅力。

就像思想诞生损害肉体,任何思想都是一种具有*正能量的*癖好一样,精神的过剩导致我们走向其对立面。由此出现遗忘的神秘愿望和思维对于认识的敌视。

\*

人如依赖存在的真空,为此他们任何时候都可以献出生命。他们心头又如此充斥无限腻烦,以至慷慨赴死,了此残生,在他们看来不啻一种乐趣。

你了解世界的点点滴滴越多,就越是对它依恋。你觉得为了拯救世界,慷慨赴死太微不足道。只有这样,才能解释为什么各种宗教都反对自杀。因为,所有的宗教都试图在生命无足轻重时赋予它某种意义。宗教本质上无非是:一种反对自杀的*虚无主义*。任何救赎都源于抗拒形形色色的最终结果。

\*

没有音乐的迷茫的激情,我们要哲学家们的刻板感觉何用?

我们要与生活割裂的空白时间、腻烦不堪的空白时间何用?

只有在生命的边缘时刻,你才不爱音乐。你同瓦格纳一起出席黑白分明的版画庆典,领略心灵如宇宙一般的演化,而同莫扎特一起观赏天堂之花,梦想着天外之天。

\*

任何绝望都是上帝的一纸哀的美敦书①。

\*

神经衰弱之于人,犹如神力之于上帝。

\*

各种思想争先恐后从世界上消失,而各种感觉神往蓝天,漫无目标。如果我陶醉于自己的缺点,陶醉于我自己的和世界的缺点,我的头脑奔向何方?上帝啊!对于你的儿子们的灾难来说,你是何等渺小!在你的心里,没有我们躲避恐惧的地方,因为你没有恐惧容身之地!而我将再次把自我隐藏在满是回忆的尘埃的心里!

\*

除了与真理没有任何瓜葛的东西之外,不存在永恒之物。

\*

女人——她们的生命力只允许她们昙花一现,露出恬淡的一个微

---

① 哀的美敦书,拉丁文的音译,即"最后通牒"。

笑……雅克利娜·帕斯卡①或者露西尔·德·夏布多里昂②即是如此。所幸的是生活不能令我们背弃伤感！

"我长眠在自己的命运上"（露西尔语）。

✳

世界是由几个抛弃它的女人拯救的。

✳

贫血是时间透过血液受挫。

✳

我很想让眼泪透过筛子，把哭泣放进压榨机里，用它们的渣滓来毒化我的信仰，在转瞬即逝的天空下！

没有任何东西比毒化的愿望更痛苦地表达一颗笃信宗教的心的失望。什么样的有毒的花朵，什么样的猛烈的安眠药能治愈我们害怕光明的令人战栗的传染病？什么样的悔恨风暴能解救我们处于理智边缘的心灵？

✳

时间是一个长生不老的季节，永恒性的一个哀悼之春。

✳

万物脱离原初的混沌，创造了个性化现象——生命走向明智的真

---

① 雅克利娜·帕斯卡（1625—1661），法国著名哲学家、数学家布莱兹·帕斯卡的妹妹。

② 露西尔·德·夏多布里昂（1764—1804），法国女作家、诗人，法国19世纪著名浪漫主义作家弗朗索瓦–勒内·夏多布里昂的姐姐。

正拼搏。作为意识觉醒后的一声呐喊，完成了个性的构建，万物在它们努力挣脱大千世界的混乱中获得了胜利。只要人依然是物并且仅仅是物，个性就超越不了生命的框架，因为人依靠世界支撑，而且本身就是一个小宇宙。但是，向着自我挺进，使人脱离了自然界的中心，造成了个人的边界可能无限扩大的幻想。于是，人开始丧失界限，个性成为一种惩罚。人的悲壮之处正在于此。因为，没有了个性化的冒险进程，人就什么也不是。

※

当你毫无尺度时，是在与上帝较量。任何无节制行为使我们接近他。因为，"他"无非是我们不能在某处止步的无能的象征。没有边界的一切——爱、怒、疯、恨——无不具有宗教的本质。

※

伤感是味道成为反常状态意义上的疯狂。

※

在上帝身上实现你自我的需要，只不过是你想彻底死亡，不想走完没有经历的残生的愿望。害怕没有完全死亡，这样的恐惧促使死亡变得如此可怕。当我们外表如行尸走肉一般时，出于害怕自己并非是活人，祈求上帝让我们永生。如果我们期待自身产生某种永恒性，那么应该是期待另一种永恒性——死亡的永恒性。

※

在伤感的眼睛里，石头似乎也在梦想，离开了它，我在大自然中寻找高尚是徒劳的。

✻

　　伤感表达大地具有天堂的一切发展前途。它难道不是离上帝最远的贴切情感，不是通过远离上帝来完成神圣的自我实现吗？依然将我们同世界联系起来的，只有我们生活在大地的事实和心灵的真空，此情此景下，除了伤感，我们还能用什么来对抗天堂。

✻

　　虚空比永恒优越之处在于不会留下时间的瘢痕。因此，它好似伤感的微笑。

✻

　　人的命运的特征在痛苦的形而上的魔力中消耗殆尽。
　　人必须经受磨难，直至厌恶痛苦和他们自己。

✻

　　上帝难道不是虚空的*自我*状态？

✻

　　在不眠之夜和任何一个夜里，我们不是在时间中呼吸，而是在对于时间的*回忆*中呼吸。正如在刺伤我们的强光中，我们不复生活在自我中间，而是生活在我们的回忆中一样。

✻

　　伤感是给予我们以大写的人的权利的唯一感情。从感觉的瞌睡和思维的不眠中，它结晶为梦想的芳香。没有这种芳香，我们不会再窥视自己，除非怀着后悔没有死在上帝怀里的内疚。
　　创造的苦涩乐趣毒素，在鲜血的音乐地狱中发出呼喊，从血雾中升腾起它那令人伤悼的气味。

※

等待着我们的未来的腻烦,比眼前一刻的任何恐惧更令我们害怕。自在的现时所展示的乃是我们*惬意得难以承受的生活*。

※

精神错乱乃是逻辑中的*希望导论*。

※

肉欲的极乐源于丧失理智。如若我们没有觉得自己在发疯,性事或是一种秽行和罪恶。

※

对于毒药的需要难道不是永恒性的一个负面姿态吗?否则,当我们毒害自己的渴望正在损害我们的思想时,为什么不在一个奉为*神圣的魔鬼*怀里挣扎?

渴望毒药,乃是固有本性的发作:*调动种种世俗手段获取最大限度的超验性*——然而,要获得另一个世界的超验性,从而忘记我们的痛苦,所有这一切手段合在一起也太过弱小。精神世界几时将出现断裂?

……我们应该多么感激老天赐予我们一味不再伪装的毒药,又应该对上帝用之不竭的毒药表达什么样的崇敬之情!不管怎么戒备,除了吞食上帝毒药的残渣,我们还能怎么办?除了在上帝的脚底下爬行,我们还能在何处栖身?

※

沮丧的女人们失魂落魄的神情宛如一束没有雕琢的凝固的光。

人依赖上帝就像上帝依赖神权一样。

*

万物在虚空中扑腾。而虚空在自身中扑腾。

*

你疲于从上帝那里一刻不停地走下来……而这种没有停息的状态称为"生活"……

你不是在工作、烦恼和困苦中,而是在背负着上帝的影子满世界游荡的悔恨中精疲力竭。没有任何东西比疲劳更专属于生物。

疲劳使我的灵魂爆裂,思想动摇!有谁能熄灭我血液中的情感之雾和骨骸中的失神呼喊?!

*

所有的蛇在血液的黑夜和大脑的洞穴中濒临死亡。没有任何一个魔鬼能阻止它们临终或者减缓它们走向灭亡的躯体的挣扎!

我好似被抛弃在世界边缘的一棵野草,在它下面,发狂的蜥蜴在悲号!

*

在虚空的苦难中,只有雾的灰色微笑还在鼓舞思想的悲壮解体。

冷酷和迷人的浓雾,如若你们不再次倾倒在迷蒙的头脑上,又能在哪里?我希望在你们中间撕碎自己的痛苦,隐藏比你们漂浮的暮气更大的恐惧!

什么样的凶神恶煞听凭我倒在血泊中!

＊

何谓*存在*？寡廉鲜耻。

＊

我觉得空气是"神经病"当道的一座修道院。

＊

一切不幸皆是缺乏爱。

＊

没有自我毁灭的神秘冲动，人不能创造任何东西。*苟活*，你只囿于人生的*框框*，也就是说不能给生命增加任何东西。但是，当你突破人生的界限，走上冒险之路，不畏随之而来的命定的不断坎坷，不怕因令人绝望的傲慢而误入无可挽回的歧途煎熬，春意盎然地笑对失败，直面罪恶和疯狂；或被宏伟事业的重担压得脸呈紫色时，就将给生命加载上一切它未曾拥有的东西。

从苦难中诞生一切并非现存的业绩。

你只能在立志粉碎人生无可抗拒的种种障碍的冲动下掌握自己的命运，快乐地追随生命的感召，不惜粉身碎骨。命运意味着超越生命或者与生命并肩战斗，与生命在激情、造反和痛苦中竞赛。

如果你并未感觉到内心有一个不认识的上帝在作怪，并未感觉到在忧伤的魔力中不断增长的所有盲动力量随着无形的烈火中颤动的火焰串联在一起——那么，你给自己起一个什么名字，才能不沦落为凡夫俗子？

没有痛苦的东西没有名字。幸福是感觉，却不存在。而在痛苦中，人达到了生存的一个极点——除了理智之外。痛苦的张力，乃是比存在更确实的虚空。

*

  上帝啊，但愿我能粉碎星星，令它们的闪光不再阻碍我在自己心里死去！而我的骨骸或将能在你的光照下安息？露出你的黑暗，降临你的黑夜，让我在它们中间安葬恐惧的遗骨和已经泯灭希望的肉身！没有盖上盖的棺木将我安放在你的黑色天幕下，而星星们将是我和你的棺盖上的钉子！

  一颗星星将通过虚空发现上帝，而另一颗星星将通过上帝发现虚空。

*

  没有任何东西可以自我解释，没有任何东西可以自我证明，一切眼见为实。

# 九

何谓艺术家？一个全知全能的人——却不明事理。那么哲学家呢？一个明白事理的人，却无知无能。

在艺术中，万事皆有可能；在哲学中……在思维运用中缺失创造本能。

*

非哲学：理念被情感窒息。

*

疾病乃是肉体保持不了常青不老的征兆。

*

眩晕屡屡诱惑我，使我觉得天使们为了让我离开这个世界，用力过度而折翅，从天穹中掉落下来。

*

什么样的伤口撕裂开了我，像一个阴霾的春天，用忧伤的芽苞染绿我的感觉？什么样的天使，用什么武器让我流血？抑或上帝报复了我的诅咒？

对于上帝的任何辱骂都会反过来，使咒骂者得到报应。因为诋毁"他"，不啻砍断了你脚下的根基。毁了天堂，毁了你的价值。

\*

仇恨上帝源于你对于自我的厌恶。你杀死上帝,乃是为了掩盖你自己的堕落。

\*

人的价值在于承担上帝的痛苦。至少从基督教创立以来是如此。

\*

教徒可以没有信仰,但不能没有上帝。

\*

为什么不伸出手——用凡夫俗子们的手来祈祷,让我的难以忍受的悲伤和杀戮的恐惧得到慰藉?石头啊,为什么不为我的恐惧和疲劳仰天长叹,面对那漏洞百出而麻木不仁的苍穹?而你,大自然啊,你还不祭起十字架和诅咒造反,要等待什么样的痛哭?你们,没有生灵的万物,为什么不号哭生灵的可怕命运?抑或你们想依靠自我——不懂得变成物的恐惧的自我,翻滚着走向死亡?没有任何一块岩石飞向天穹,为你乞求怜悯!

以往,万物为众生祈祷,大海大洋为一个生灵而变得狂怒。而今,一切都在死亡,星星们不再坠落入大海,大海不再奔向星星。只有灵魂还在把你的垂死挣扎推向败北的原野和了结残生的药物。

\*

在恐惧的最后阶段,你试图乞求路人、树木、房子、水流以及已死和未死的一切原谅。

最终告别,最后一吻,是给予比一个死去的爱人更死气沉沉的这个世界。

有谁将原谅我的*以往*？但愿我有像阿尔卑斯山一样的双膝，乞求人们和亡灵原谅！

\*

人人皆觉得整个世界为了他应该舍生忘死，而他为了整个世界也应该舍生忘死。谁没有过这样的情感，不啻从来没有活过。

英雄主义即是你可以舍生忘死，但你又必须活着，面对每一天给予你的愈益沉重的压力，永无止境。谁没有经历过生命不可承受之重，不啻从来没有活过。

\*

伤感将用最后几滴血在苍白的心上画一个问号。为什么还要埋葬一颗隐秘的心？

\*

当你肩负一切最后审判之时……

\*

思至清是一种折寿的疫苗。

\*

必须长期感受死的愿望，你才能认识死亡的厌恶。饱尝终结人生的狂热之后，你终于害怕自己生命的熄灭，此谓物极必反。虽然死亡像上帝一样，拥有"无限"的声誉，但无论是死亡抑或上帝，皆不能阻止社会的痛苦或者减轻过分沉重的负担和长久的内心积怨。如果我们不厌恶"无限"，那么还能存在生活吗？什么样的神秘活力将我们与"绝对"分离？

\*

只有我的鲜血还在染红上帝的苍白脸色……（"你"会原谅我的悲伤和疯狂的血滴吗？）

\*

有的痛苦只有待苍天消失才能得到抚慰。

\*

在无尽的夜里，时间在骨髓中爬升，而不幸在血管中歌唱。任何睡意皆阻止不了时间的浸润，即使是晨曦也不能减缓痛苦发酵。

\*

"灵魂"从痛苦地沸腾着的激情中吸取生命力，而"心"乃是受侵害的血。死的欲望难道不是对暴行的爱好，只是碍于面子，我们隐秘地感到满足的东西吗？我们想死是为了不杀人吗？

\*

"深沉"乃是一种隐蔽的暴行。

\*

你问为什么一个酒鬼更*明白*事理？因为，醉态是痛苦。
为什么一个疯子*看得*更清楚？因为，疯狂是痛苦。
为什么一个孤独的人感到更充实？因为，孤独是痛苦。
那么，为什么痛苦知道一切？因为，它是"精神"。
缺点、恶习和罪孽并非通过顷刻的快乐，而是通过灵和肉的撕裂，通过种种否定的启示，向我们揭示品性的隐蔽侧面。因为，一切负面的东西，乃是*救赎*，因此也是认识。一个知道一切的人物或是一条血河。上帝有太多的痛苦，不再属于时间。他是具有永恒性维度的血河。他的流血乃是摆脱"虚无"的第一个瞬间。

夺走某个人生命的因素是受认识的病态冲动引导的，即使某些不可告人的原因隐藏了其秘密的动机。罪犯隐藏着我们一无所知的秘密。为此，他付出了如此高昂的代价。社会处决杀人犯的原因之一乃是不给予他无限悔恨的满足感。让他活着即是给予他同我们竞争的自由。深层的恶具有某种给人以刺激的优越性。人们膜拜上帝很可能是出于嫉妒魔鬼。

*

在意识的宇宙闪光中，天空消散在乐曲中，高山、大树和河流步其后尘。而惧怕瞬间永恒存在的安魂曲，则既是一种劫难，又是一种荣耀。

*

难道不像是另一个世界的一团雾气使我们梦想永生？

死亡的内在穿越是上升到形而上学原则的雾。

一座大教堂则是雾感的最大化，是凝结成石块的雾气。

*

人的内心存在一种悔恨的秘密愿望，它先于"恶"，*制造恶*。违法、恶习或者犯罪，源于这种愿望隐蔽的骚动。在行动完成同时，它在意识中清晰和确切地显示出来，丧失了潜在性的魅力。

悔恨的滋味引导我们走向恶，把它当作一种另辟蹊径的愿景。

*

心灵若有着容纳上帝的空间，势必具有容纳任何东西的空间——对一个信徒坦述我们最近的不安和困惑的需要，难道不是由此出发的吗？是什么使我们相信他不能不理解我们？仿佛对于上帝的信仰或是一种癖好，一切从中都能得到我们宽恕，或者是一种放肆，与之相比，一切皆是合情合理的。或者说，借助不再属于世俗的上帝，人间的任何罪行都能得到我们谅解。

对于一个信徒来说，不需要任何东西使他摆脱厌恶、失望、死亡。

芸芸众生向着天空坠落。因为，上帝是一个从下往上看到的倒悬深渊。

\*

即刻的启示：*知道一切及随之而来的战栗：再也不知道怎么办*。忽然，思想解开了宇宙，放眼在智慧的宝库中搜索。

时间丧失了呼吸。那么，你如何测量淹没你的光的漩涡？它大约在一秒钟的绝对缺失期间延续着。

在这样的闪念之后，认识了无用途，精神幸免于难，而上帝失去了神性。

\*

当你生命扩展至无限时，毁灭自己的愿望来自一种胀满的痛苦感觉。因为，你陷于死的愿望之中而不能自拔，除非将你的生存伸展至它的空间之外。

生命在完满中的自我否定，乃是一种精神迷醉的状态。我们从来不是因为虚空，而是因为过满而熄灭。

一个巅峰时刻补偿了毕生的虚空。一刻抵过一生。精神的机制乃是人生的最高补偿。你因此深感幸福，丧失理智去膜拜上帝。

\*

苍白的手是你躺在里面感叹生活的一个摇篮。女人不会向我们伸出自己的手，除非我们在她们怀抱里痛哭。

*

雾是空气的神经衰弱症。

*

对付来自隐蔽深处的那些声音，你或需要使用一个杀人犯的腔调……

什么样的疯癫天使用手摇风琴向一颗无门可入的心乞求？——抑或是我从上帝的痛苦中摆脱了出来？

在爱情的幸福和不幸中，苍天如果冷若冰霜，或不能平复血液的骚动的狂热。死亡不啻火上浇油，生存的海市蜃楼从它悲哀的蒸汽中幻化出来。

*

所有的水皆有洪灾的色调。

*

在清晨羞涩的蔚蓝中，那么多女人的苍白肤色，不管你是否爱她们，仿佛一片开满鲜花的原野，供你品尝"无限"的伤感滋味。

为什么在她们的阴影下，"无限"似乎就在我们近旁？因为，在女人周围不复存在*时间*。而由于我们生活在*世界上*却达到了一种超越世界的状态，我们的心神紊乱日增。

爱情是一种*超时间*的表象。因为，在爱情生活中，变化难道不是中止了吗？在热烈的拥抱中，时间比在一个死去的星体中更缺失。

爱情是幸福与绝望的痛苦而荒诞的汇合，男人对于女人不近人情的无节制欲求来说，实在是容量过小。因此，往往你从爱情中清醒过来时，觉得时间仿佛不再与自己休戚相关，它在你心里腐烂了。

*

促使罪恶高于美德的是痛苦和孤独的过度,这是我们既不能在"犯罪意识"中,也不能在"善行"中见到的。

它本身是一个个性化的行为,通过这样的行为,*你有别于他者*:一个人、大众或者一切。坚持独一无二,乃是一种作孽的模糊状态。对于上帝的需要由此而生,亦即是出于害怕自我。美德不侍候上苍。

*

在你尝到了生活的种种欺骗滋味之后,失望像橄榄油一样温和地扩展着,人生逐渐消失华丽光彩。

……于是,你后悔未曾有过更多的幻想,反复品味这缺少幻想的痛苦。

*

没有死亡之感,人们就是没有长大的孩子——然而,有了这种情感,人们又是什么?

当你知道何谓生命终结时,*生存不再有智慧的芳香*。因为,死亡正在偷走生命的旋律。在生死两者中,只剩下夜曲一般的灾难。

当你尝到了生死的苦与甜之后,觉得遗憾的是自己只有一颗破碎的心。

*

沙漠从什么时候搬迁到了人的血液里?而隐士们又从什么时候在血液里仰天大声祈祷?旷野在血液的有毒的波动中还将哀号到几时?被遗弃在死亡的隐蔽波浪中的孤儿们的洪流将何时停止?

上帝啊!你唯一的殉道者:人的血液。

＊

如果死亡不会打断想死的愿望的慰藉……
然而，生命并非无限，我们如何能无尽头地赴死？

＊

厌恶自我的人，变成一个在上帝的荒漠里寻死的梦游者。

＊

如果你不觉得自己是密布天空的乌云的作者，还妄谈什么厌烦？如果你不觉得天空在你心里生厌，为何还仰望上帝？

＊

不能唤醒你死的愿望的那些幸福是脆弱的。但是，当宇宙变成一个非现实和虚幻的泡沫，苍天在心的热度中熔化，蔚蓝的天幕在它那辽阔得惊人的空间中流动时——死亡之音来自得意的嬉笑声。而幸福变得像不幸一样强烈。

无限应该是每一个片刻的色彩，因为生活中我只能通过危机来实现无限。死神啊，送我上青云，取得像无限一样的不断的美誉，给我穿上永生不息之衣！难道我将为没有死亡的一切流泪吗？

＊

爱情是在*上苍的框架*内自欺欺人的唯一有效方式。因此，在爱情中，你只能借助生活的一切幻想来接近上帝。

＊

传染上永恒性的人只能通过自我毁灭的意志来参与历史。因为，在同类之间，你只是借助自身毁灭的创造者。

人是从时间的醉态中苏醒的唯一生物。他们竭尽全力，试图重新进入时间，重新变为时间。

在大自然中独立的特权来源自意识与进化的断裂。人之为人，只能与时间同步。因此，他们往往厌烦自己的处境，一个又一个的瞬间对于他们渴望深潜的意愿来说既不够流动，也不够深刻。

\*

当一心向往上帝时，你与这个世界的联系只有不再生存在它中间的愿望。

\*

永恒存在的衰老感：从第一个瞬间起，人就把时间背负在自己身上……人直立，只是为了掩盖自己在内心是一个十足的驼子。

厌烦：不再安处于时间之中。

\*

心是黑夜与死的愿望相会，进行无休止相互拼搏的地方……

\*

无论大海抑或天空，上帝抑或人世，皆非宇宙。只有音乐的非现实性才是……

\*

遗忘康复一切人，但具有自觉意识的人除外。所谓自觉意识乃是是一种觉醒现象，使你的精神并行不悖地最终处于双轨运作状态。

\*

在神海中，人的列岛只等致命的潮涌将其淹没。

你好似半岛一般与上帝联结在一起，而且以此为荣。你既属于上帝，又不属于上帝。你想逃避"他"，虽然你是他的一部分。

一个天堂里的元素……

\*

唯一一桩痛苦的事情存在于悲伤之中：不可能表面做作。

\*

有人比圣徒更"赖"……

\*

死亡的激情出现于你以往不爱的一切，随着你正在爱的一切增长，甚至以同样的热度延伸至敌对的思想中，就像延伸至生活的快事中一样。它始终笼罩着你，无论是在熙来攘往的大街上，或者是在晨曦、午后和夜晚，无论是你醒着或者打盹，无论是你在人群中间或者远离他们，无论是你怀着希望或者处于失望时刻。它的寒战——好似一个禁欲者的拥抱——在体内融化成一种不完全的心神恍惚，谛听着血流波浪徒劳的喃喃细语和内心四季的怀旧嘟囔。

如若我从自己的心灵中挤压出一幅"恶"的神像，那么它或会揭示出百花在那里随着死亡的愿望凋零和开放的一个世界。在那个世界里，我或会成为守护百花临终的虔敬园丁。

\*

有些人在我们心里印象至深，以至他们的外在存在变成多余，而与他们的重遇变成一种令人难以忍受的惊奇。苟活乃是来自被崇拜者的一种亵渎。被崇拜者必须为他人感受到并为之承受的不可挽回之重赎罪。这说明为什么不存在比潜在的英雄和受人狂热追求的女人更碌碌无为的生灵。因为，通过死亡，变化更多的不是爱者，而是被爱者。

*

  人之为人，这个事实既如此重要，又如此无足轻重，以至只有通过封闭在这个决定中的莫大悲哀才能承受。但愿你感觉到做人比做上帝更心明眼亮，人的命运的这种是是非非尽管颇为痛苦，毕竟打破了一出显然难以估量的悲剧可见的边界！
  为什么人的错误比神的错误更痛不可忍？为什么上帝似乎一切行动都合法，而人没有任何行动合法？莫非因为人是天地之间的一个游民，应该比安享绝对主宰特权的上帝冒更大的险，受更大的罪？

*

  当你在弹奏管风琴，而其他人在吹笛子时，你在他们中间还想寻找什么？

*

  长笛使我对所有女人怀有恶感，发现她们对另外的世界抱有怀旧的嫌疑。同样是长笛给我揭示了一个时时刻刻正在毁灭的人生……

*

  谁有权听完种种心声的交织之音？
  当我们临近自己的最后的话语时，如同天上的自我毁灭一样……那是一种神圣的状态……

*

  我想死，但有多少死亡并未发生。
  在一个燃烧中的宇宙里，黑暗或会求助于心灵的可靠庇护。

※

当你挥霍青春之时，由人变成诗人——你怎么能既非人又非诗人？——在散文中谈论死亡。

※

你在大白天突然受到眩晕的玄妙恐惧侵袭，应该归因于谁：胃抑或天空？或者介乎两者之间，出于各种疾病半途的贫血？

当与自己的血液不再保持距离时，你是可悲的。虚空的形而上的滋味源自贫血。

※

一个真理的分量完全依据它所隐藏的痛苦来衡量。你对于一个观念有多么迷恋，则是它的活力的唯一标准。

"价值"通过它们由之诞生的磨难而生存。一旦磨难枯竭，价值也丧失了效力，蜕变为空洞的形式，或曰研究对象，作为过时的东西而在现在苟延残喘。不复是痛苦的东西，无可挽回地成为历史。这再一次证明，只有在痛苦中，生命才达到了其最高的现实价值。

※

各种颜色、声音和思想的悲哀景色使我们沐浴在日常的无限时空之中。在其充满浓厚的终极气息的庄重氛围下，我们表面所做的任何事情，无不沉入深渊，成为难以治愈的沉疴，以至眼睛的一眨变成了上帝的一种反思。因此，不是我们睁眼看世界，而是世界开放在我们的视线中。

※

怀念死亡将整个宇宙提升到音乐的高度。

※

　　耶稣是极不成功的诗人，理解不了死亡的快感。但是，若干管风琴序曲告诉我们，上帝并非对这种快感那样陌生，我们倾向于相信这一点，*赋格曲*①只表达这种快感的急促性。

　　有些音乐家，譬如说肖邦，只通过伤感与死亡有所联系。但是，当你身处其内部时，还需要借助中介吗？所以，伤感毋宁说是死亡诱导我们的一种情感，为的是借助忏悔把我们与生活联系起来⋯⋯

※

　　东方保持着深奥的神秘性，这样的声誉源自我们只能通过文学涉猎的两样东西的深刻了解：花朵和放弃。

　　欧洲人引进了各种种子，并非只是为了这个世界，而且也为了另一个世界。

※

　　没有任何东西比梦幻剧更少法国色彩。充满智慧、喜欢讽刺和头脑清醒的一个民族，不允许自己将生活与天堂混淆起来，即使在需要合理利用蒙骗之时。

　　梦幻剧是对抗罪恶最具安慰性的解决方式。北方诸民族难道不是为了摆脱罪恶的苦涩滋味而发明了它吗？梦幻剧难道不是具有宗教元素而又反宗教的乌托邦形式吗？（——界定任何乌托邦的悖论。）

　　梦幻剧以其固有的近似性表达了对于天堂的怀念，因此不能为没有这种怀念的人所欣赏。

---

① 一种赞美诗的曲调，源于17世纪与18世纪初盛行于英国的一种赞美诗音乐。

✳

在眼睛突然猛烈地盯住天空的瞬间，山上的所有岩石或许都压垮不了它们……

✳

在瓦格纳的作品中有那么多象声词！大自然即是他的心灵。

✳

大海比天空更迅速地反映我们的懒散。我们放任自己享受辽阔大海的服侍，何其快哉！

没有任何东西比无限更使一个勤劳的人痛苦。对于一个懒人，无限则是唯一的安慰。

如果世界或有边界，那么如何能安慰自己说我辈本不是原住民？

✳

内省乃是悼词的预演。

✳

"心"成为神秘和不幸的宇宙的象征。它在一个人的语汇中的使用频率表明此人能够脱离这个世界多远。当万物在伤害你时，流血替代了那个万物。这样，心的伤口替代了天和地。

# 十

孤独转变为一个正在向着自己的心的大陆航行的克里斯托弗·哥伦布。

当只有大海将你同世界联结起来时,有多少船桅在你血液里生长!我时时刻刻都想登船驶向时间的西方。

*

一个无穷尽的微笑,映现在一滴泪的空间里……

*

懒散送我直上天宫。我在神的眼皮底下度过一个永恒的假期……
难道上帝像大海一样工作?为什么当我被浪涛拍击时,觉得神学是一门表象科学?
大海——死亡大百科全书——比天空——上帝的蹩脚读本——更包罗万象。

*

危险的思想以肉体的缺陷为先导。肉体面对一切不应该透露的事情严守秘密。

*

哲学没有产生死亡之美的器官,我们所有人都把它转化为诗……

＊

上帝无须给我们派来刽子手，这里只有许许多多无泪之夜……在生命的晨曦里，死亡的阴影在颤抖。光是否夜的一个幻象？

＊

在我与众人之间，横亘着我通过思想潜入其中的海洋。同样，在我与上帝之间，也横亘着我没有在它们下面死去的层层天空。

＊

心灵在芳香中是那么充实，以至百花似乎迫不及待希望噎死在天堂里。当人们将失去天堂的圣像时，就在心里注入一种香味，或者借助强烈的伤感目光缓和自己的感觉，来进行重建。

亚当毁灭了幸福的种种意义之后，天堂隐藏进了夏娃的眼睛里。

＊

并非源于新的悲伤的一切皆是二手货。有谁知道我们是否想以死来挽救生命的荣誉！

＊

在十八世纪的法国，人云亦云的平庸之见皆无立足之地。换句话说，法国历来认为愚昧是一种畸形，精神匮乏不啻道德败坏。在这个国家，除了*虚无主义*，你不可能信奉其他东西……沙龙乃是怀疑的园地。女人——聪明伶俐的病人们，在怀疑的吻中叹息着……有谁将会理解这个明智过度，谈不够爱情的民族的悖论？它将从痛苦和逻辑的沙漠中发现什么样的通向情爱之路？什么东西将引导这个天真的民族不再天真？在法兰西，曾经存在过一个孩子吗？

※

在音乐园地，法国人没有创造过伟大的作品，因为他们太过热爱世界的完美性。所以，智慧变成了无限完美或曰音乐的废墟……

那些迷蒙的目光似乎在用我们没有听见过的乐曲抚慰我们……

※

当你想回归上帝时，你和他之间的光冻结了。人遭受着一个黑暗的春天之苦。

※

在悲伤中，一切变成了*灵魂*。

※

傍晚时天空从蔚蓝过渡到灰色，极其伤痛地描绘出头脑的不完美。

疯狂是理性的一种灰色味道。

※

要感受孤独的幸福，你必须坚韧不拔地关注某种强迫症或者疾病。但是，在扩大为四大皆空的厌烦感和世界空虚的精神中，孤独变得具有压迫感和令人烦躁——而每日的时光似乎很荒谬无聊，像是吊在一棵开花的樱桃树上的一具棺木。

※

厌烦乃是明显的*时间*病态感：时间等待着你，你必须在其中生活，对它毫无办法。

你徒劳地试图欺骗自己，而阳光使它伸展，黑夜使它密集，它生长着,像在你恐惧的光滑表面上*滑动*的橄榄油一样生长着。
　　一个个瞬间何来如此沉重?它们为何不像我们的疲惫那样入睡?人啊,上帝何时将夺走你的时间?

*

　　你或曾有过唯一一次无缘无故的悲伤,却毕生不知道发生在何时。

*

　　我们渴望知道自己如何借助爱情,来忘记借助天空的全部蔚蓝和心灵的全部神话都不能忘记的事情。但两个乳房不能隐藏我们的真情,虽然它们比上帝的遥远光芒更使我们感到温暖。

*

　　没有一个世界能给我们充分提供种种生存的骗局,而从中醒悟的担忧,变成了从一个骗局到另一个骗局的动力。

*

　　我看见了存在的一切事物——于是退缩到了心的尽头……

*

　　在紊乱的时钟的哭声中,我似乎听到自己在梦中杀死的生物的呼喊。

*

　　除了在看不见大地的眼睛里,在人间你再也找不到休息。我希望在所有看不见世界的目光里散发出芳香。
　　在每个思想之上,都有一个天穹。

*

　　上帝是死在"他"领地里的那些人的继承者。这样，你就能轻松地离别自己和世界，让"他"延续如此繁复的悲伤和别离之路。

*

　　人们很可能不是被赶出天堂的，他们很可能始终在这儿。这个猜测源自认识，促使我躲开他们。你怎么还能在一个没有天国记忆的生物的阴影下呼吸？

　　这样，你终于平复了自己对另一个世界的忧思，无奈地忘记人是从哪里出发的。

*

　　我感到任何一刻都是在重新面对最后的审判，而世界的任何地方皆是世界的边缘。

*

　　不经历诱惑的人是失败者。你生活在诱惑之中，通过诱惑，你深入生命的内部。

　　当你离别世界时，天堂的诱惑作为生命力最后储存的证明缠绕着你。我们与上帝一起承受失败，碌碌无为，徒具悲伤。

　　凡此种种耗尽我们的感觉，此时心头泛起的肉欲似熊熊烈焰替代了血液的盲目骚动。天空是本能中的一根刺，上帝则是肉体的苍白颜色。

*

　　从我不再属于生活以来，觉得它是那么陌生！

＊

　　与天地联结在一起的痛苦和思想一年年流逝，而你从来不问如此模糊地横在两个显见的现实之间、称为"空气"的这个空洞的作用。忽然，在一个笼罩着厌烦和无聊的沉重的下午，你发现这个不可触摸的空洞之大，令人不可抗拒和疲惫不堪。于是，你诧异，为什么当它半透明的广阔空间正在召唤你走向毁灭和消失之时，却淹没在一隅之地。

＊

　　我的天体演化学为世初的混沌添加上悬浮点的无限性……

＊

　　只要人们不抛弃未来的欺骗魅力，历史将继续成为难以理解的一团乱麻。但我们是否可以期望，他们将回眸看到意外事件的永远存在，依据喷泉的例证来改变每个人自己的命运？他们或终将达到某种青云直上的命运？河流的普遍进程将把其水滴抛向高处，使无效的水平流动转变为走向天际的徒劳运动？

　　何时人类将像那些喷泉一样，落入其自身之中？何时他们将赋予种种骗局另一条航道？

　　在生命或会延续，好像什么事也不再会发生之时！但人们——不断繁衍着——继续利用未来的宽恕。

＊

　　若谈到在种种错误之间进行选择，上帝毕竟依然是最令人宽慰的，而且将比一切真理活得更长。因为，这种错误在痛苦变成永恒之物的节点上一再重现，犹如生命———一时的错误——在怀旧与时间交叉之时复原一样。

＊

　为什么当疲劳深入睡梦中时，我对于植物比对于人理解得更深？为什么各种花朵只在夜里对我绽放？为什么没有一棵树适时生长？
　我将先同大自然一起跻身于长生不老的行列？

＊

　伤感是我们在世界内部达到的诗的极限。它不仅是我们的高峰，而且也是生存本身的高峰。人生逐渐高不可攀，走向非现实，更多地接近一种梦幻状态。
　非现实乃是现实的一种本体过剩。

＊

　我只承认不再属于世界的生物的存在。那些女人不放过每天因伤感而死的神秘机会……仿佛除了露西尔·夏多布里昂之外，你从来没有爱过别人……
　我有时觉得，自己或很容易发现世界的一切秘密，除了从这个世界连根拔除的秘密之外。
　心灵的崇高源自对于生活的不苟且。我们的种种毛病正是生长在受伤的心周围！

＊

　时光无限堆积，衰老入侵青春壮年及其幻想，这种感觉从何而来？通过什么样的痛苦秘密，在骗人的年龄，你变成了一本时间图册？
　无意识经历过的任何事情不会折磨你，一切瞬间都活活死在你心里，并没有在希望和错误之路上留下自己的尸体。
　但是，你知道的那一切事情，与时光相伴的所有清醒记忆，成为沉重包袱，在它的重压下，一切奋发干劲都被扼杀。

未老先衰，依然红润的脸颊上的无尽疲惫，乃是时光流逝在意识领域畸形积累的所有印痕的产物。

我之所以衰老，皆因为我过去的一切并未遗忘。我把所有的瞬间皆从短暂的完全下意识状态中发掘出来，强迫它们成为独一无二的记忆，而我也独自保存着它们。

在我的头脑里，成长的符咒及其不再容许粗暴践踏清醒神志的潜意识破碎了，时间因为被强拉出了它自己的轨道而进行报复。

上帝啊！何时将发生一场新的大洪水？至于渡鸦，你可以随意派遣多少，我不会充当诺亚的胆小怕死后代！

*

我强烈感受到过劳的人们因自己的生存状态而想死的愿望。你处于自己顽念的中心，自我的饱和造成你逃脱它的需要。于是，死亡的下沉的亢奋融解了个性的结构。

*

人们的不幸在于只能斜看天空。

如果眼睛与天空有垂直的关系，历史或许会有另一种面貌。

*

疾病吗？乃是身体的一个超验的特性。

至于心灵，它是*病夫*，其原因很简单：它有病。

病理学正在研究机体组织中的心理入侵。

\*

正在思考的云，与大地和天空都是那么游离……雷斯达尔①。

\*

从你失去了时间的刹车那一刻开始，一切皆有可能。

\*

在还有时间之前，运用你的理性。

\*

人的心里弥漫着那么浓重的雾，以至任何一点太阳的光线一旦进入，都不复重现。在他们的感觉，他们迷茫的感觉中，是那么空虚，犹如疯狂的鸽子被风折断了翅膀，在借以贴近世界的路上徘徊。

\*

日常的厌烦出自哪个虚空层，使我们从无所作为的困倦中惊醒，直至感到恐惧？

我们将有一天到达厌烦的源头？将解读肉体令人瘫软的衰竭和浑浊的血液的灾难？

生命的基质如何在一个哀怨的奥秘中碾碎，而无所不在的厌烦如何吸干智慧之泉，丑恶地冒充神圣法则！厌烦像上帝一样巨大，却比上帝更加活跃！

---

① 雷斯达尔（1628 或 1629—1682），荷兰巴洛克画家，有荷兰最伟大的风景画家之誉。其后期作品多为展现平坦的荷兰乡村全貌，地平线低远，茫茫云空扑朔迷离。

✳

　　离开上帝，孤独也许是一声呐喊或者麻木的悲叹。但与上帝在一起，沉默的优雅平复着我们的悲痛呓语。在失去了一切之后，我们借助穿越上帝的落叶凋零的小径的永恒梦想，重新得到平静。

　　只有对上帝的思念依然使我保持直立。当我将灭除自己的骄傲时，能否躺在他的仁慈深厚的摇篮里安睡，补偿自己的一个个不眠之夜，进而抚慰他的失眠症？

　　离开了上帝，我们仅留下了对于"他"的思念。

✳

　　任何疲劳都隐藏着对于上帝的怀念。

✳

　　苦于离上帝并非等距的两个人如何能一起交谈？死亡线不在同一水平上的两个生灵有什么可说的？当每个人反映着各自的另一片天地时，在他们的目光里能读到什么呢？

✳

　　只是为了让人们依然单独与上帝在一起，我们才理解他们。

✳

　　一个外星建筑师或许会用我们的悲伤建造一座天上的修道院。

✳

　　极度虚荣的缺点伴随人终身。

\*

毕生寻找自我的人们的不幸，在于直至到了上帝那里才重新相遇——平静地忍辱负重成为生存的劳苦转化为品德的唯一方式。

想不复生存的人消极地表达对来世的向往。出世的愿望冠冕堂皇地满足了神圣化的朦胧的隐蔽趣味。在上帝那里，我们互相消灭只是为了"他"自身的存在——神修之路经过傲慢人生的最痛苦的奥秘。

\*

为什么在临终的无可救药的回光返照中，我感受到了比在生活中较少的孤独？意识到你将死亡，肯定是严重的灾难性事件，以至人们和真情的缺失反而成为对你的一种安慰。

管风琴的和音和死亡的怀念，使永恒与现时混杂，直至合一。那么多的"绝对"迷失在变异之中，而一颗纤弱的心灵背负着如此沉重的天和地！

\*

当你与一切了无瓜葛时，实质上已死。

\*

上帝？以安慰者面貌出现的虚空——"无"中的一个具有正面形象的灵魂，为了它，你愿意流血，如同一个幸免于死的……殉道者。

人类的历史很可能只是在上帝那里，为上帝而死，别无其他。我们所有人，首先是无神论者，皆在他的怀抱里熄灭。

\*

我奇怪地觉得，自己的所有思想都逃跑到了上帝那里，当我失去理智时，他使我清醒……

或者，在"他的"心里徘徊，保全面子的渴望阻碍我再大声喘息。

上帝与生命之间的不协调构成孤独的最惨烈的悲剧。

※

上帝啊！我只剩下你！你——世界的残余，而我是自我的残余。我的孤独的泡沫，要在你那里结束自己的妄想，停止无谓的挣扎。你是生存失败时刻梦寐以求的坟墓，极度疲劳的最好摇篮。

请把催人入睡的烟香罩住我鲁莽的造反行动，将我吸入你的身心，扼杀我草率的冲动和迷恋，制止我思想的疯狂拔高，粉碎因为与你相邻而光环耀人的锋芒！请张开你的华盖，罩着我避开凶恶的黑暗，我并不祈求你怜悯时刻的恩典，而期望你永远的严厉谴责和你的黑夜的仁慈。

请你收割我的希望之果，愿我不再有自己的地盘占据你的广阔原野，因为我已经离开！

※

你阅读了哲学家们的著作之后，正在回到精神的绝对童年，低声做着祷告，在其中寻求庇佑。

※

与上帝第一次相遇的夜的纯粹基质残余，仿佛将在你心里终结……

※

有一个白夜，延续得如此长，以至在它之后，再也不可能有时间……

在挣扎中积累起世界痛苦结构的时间，再也不知道开始和结束。*任何东西皆是永恒存在。*就像那些没有河床的大河：洪灾或者旱灾的杰作。

你维系于光阴的加减，注定是不幸的，如同从生死线上挣脱出来的任何生物一样。*生存乃是阻止人心欲望无限膨胀的一道闸门。*

*

一个人依靠自身成长的现象是如此神秘！他醒来再也看不见自己周围有任何人。于是，他抬眼仰望天空，注视身旁最近的高空。就孤独而言，人除了向上苍讨教，再也无须学习。

*

精神在生命的废墟上绽放。

*

据说有人熟识斯宾诺莎、康德等等……但是，我没有听说过有人熟识上帝。或许只是有人十分关注而已。

*

在你的思维向某个真理敞开的深夜，黑暗变得像一个例证的半透明空间一样轻快。

*

疾病以一种不可抗拒的力量和固有的威严赋予生命以通往无限的维度，痛苦和生存明显地放慢了的节律。一切深刻的东西皆源于邻近死亡。

如果你不是一个患病的病人，而是因他人干预你的生活所致的病人……一种敬神的疲劳似乎留在了生命的基质里……生命的骨髓被上苍吮吸殆尽……

*

恐惧是未来的一种记忆。

*

在可悲的罪恶引起的那种震惊中，你或想杀死空气……一个微笑使你颤抖，仿佛噩梦中死人的手。

*

生活并非高贵。而是将你笼罩在灭亡的光轮中……

*

你徒劳追随存在和真理。虚空即是一切，是一场没有节奏的狂想霍拉舞①。霍拉舞使行动成为我们的兴奋状态，而真理通过我们高涨的热情投射在一个虚空的世界上。将世界的虚空转变为现实的真正灵魂来源自我们的张力。不论我们或冷淡或温顺，皆无关紧要。内心的火焰保持着精神表面非稳固性，给生存的乌有景象平添生机。内心的火炭是生活的建筑师，世界则是我们的薪火的外部延伸。

*

难道上帝会原谅人走得离人道那么远？"他"会理解人之不再为人乃是人类经验的核心现象？

*

存在——亦即用情感润色每一刻。借助情感的色调，我们迫使混

---

① 罗马尼亚流行的民间集体舞。

沌对现实让步。没有心灵的付出，我们生活在一个混沌的宇宙中。因为，"客体"只是某些内在精神外溢的物化幻觉。

※

我们的青春的最后阶段：上帝。

※

精神是生命力的"*正面*"缺失，作为补偿，从精神中出现的观念则是孕妇。

※

愿望越是缺少专门化，我们就越快*借助*感觉实现无限。本能中的模糊性无可改变地走向绝对。

※

从我们没有经历过的时间的回想和我们将不会经历的时间的预感中，产生借助音乐超越任何伤感的启示。

※

心并非是依据狭小的世界铸造的。我能否随它飞向天空？或者用它滑向死亡？

纵然时过境迁，你依然敞开胸怀，接受神的微风轻拂。

※

你凭借那神秘而巨大的噩梦一生支撑着濒临崩溃的世界，痛苦而不可抗拒的冲动激励着大地和生灵的运动与希望，使肉体愈益虚弱，精神远离无所作为的激情——什么样的神秘清新感推动精神在世界及其忧伤中重建宇宙大厦和思想的声望？

\*

　　创造难道不是面对废墟和不可救药的一切的最终反应？不是精神在命运面临结局和进退维谷之际再度复活吗？——否则，当万事万物由于厌恶和无聊的单调性而归于"一"时，为什么"天塌地陷"并未来临，我们依然直立着？

\*

　　你坚强地忍受着生活的种种不完美，犹如一条可能是逃离海岸的沉船，已经沦落到除了随波逐流，在无尽的波浪中沉浮，再也找不到其他办法的境地。

# 十一

伤感：变成多愁善感的时间。

*

我想生活在一个被阳光灼伤的花卉世界里，回过脸来转向地面的花朵，将花瓣朝着背光的方向开放。

大自然乃是一个坟墓，光线阻止我们栖息在里面。光线迫使我们离开死亡的基质，构成一种丧失根基的严重危机。在光下，我们全是自我的表象；在黑暗中，我们是最大的自我，因此不再是我们本人。

*

厌烦：宇宙的同语反复。

*

从来没有谛听过管风琴的人，不理解永恒性如何能够演化。

*

如果我以往徒劳给予人们的一切能花在上帝身上，那么现在该得到多少回报！

*

如果生活只有通过我们的张力才有存在的资格，那么还有什么能比缺乏爱的虚无世界更确凿地证明这一点？没有爱情的诱惑，虚无成为每时每刻的阻力。只有爱情的力量迫使世界存在，而爱情的狂热则是消减虚空的弱音器。

缺少爱，乃是生存的一大缺陷，而爱情的空白则是一个知性的净化世界。厌烦难道不是爱情的一个空窗期，种种欺世骗局必不可少的创世学说中的一个休止符？我们的厌烦难道不是源于噩梦中的某种不满足吗？这种不满足在虚空的单调乏味中导入一个生命的音符。世界产生自心灵的最后震颤，而激情奋发的思想飞翔不断地重新创造世界。

在厌烦中，*我们知道从来无所谓生存*；在厌烦的间歇中，我们忘记一切，而且感知*我们存在着*。

你的同类们痛苦地极力背负着生存的重担，比你更厌烦自己。

达到疏远世界的一定高度，人们只能通过残余的回忆生存，而你，只能通过利己主义的残余活着。

无论你活在什么地方，眼里只有上帝。

\*

没有忏悔的人如何能仰望苍天？

\*

为了爱，你必须忘记自己的同类是上帝的造物；神志清醒使你只接近上帝和虚空。只有将爱情看作他们一切的一切——尽管没有向他们展现任何东西的——那些人是幸福的，他们在盲目和心满意足的战栗中爱着。

从地平线上望去，上帝像虚空一样遥不可及。

\*

当有几天早晨势不可挡地大规模入侵时，你似乎在寻找某些最终的秘密中醒来，感到筋疲力尽的焦躁，害怕认识和看到最后的幻影——或者是沉浸在颤抖的紫色中的那些薄雾笼罩的夜晚，使我们感到感动和完美，犹如精神的花园……

有谁能找到合适的词汇来表达全然不知的不可能性？而一生中有几多时刻能享有认知的令人心醉的幸福？任何一个面纱再也隐藏不住任何一件事情——但让我们回到秘密，以便呼吸……

为什么下午比傍晚具有更多的客观性？为什么日暮是内敛的，而充沛的光依然外露在它自身之中？

……任何终结的启示表明主观性的增加。总之，生命并非在心中度过，只有死亡才是如此。因此，死亡是最主观的现象——虽然它比生命更普遍。

但愿我对上帝更加忠诚！我有几多残生保留在"他"心间？但愿我能远离他的*圈子*！

\*

静止不动的白云密布疯狂的天空……你常常眼望着缺少暗色调的淡灰高空，觉得自己将大脑疲惫的影子和思维的麻木苍白投射到了苍穹上。

\*

人的深渊没有底，因为它们穿越上帝。

\*

上帝正在注视着我们，透过任何一滴眼泪。

\*

上帝啊！我凭什么值得享有这个融入天堂时刻的超自然幸福？如果有如此高的回报，那么，但愿更大的痛苦降临到我头上！我在天使们中间失去了行踪？让我永远不复与自我相遇。帮助我将自己的精神淹没在被苍天搅乱了感觉的天堂中！

*

只要绝望依然为人提供在上帝的国度里快乐地自毁的机会，他们就没有理由自以为堕落。

*

一旦种种愿望变成泡沫，你就沦落到随波逐流，时刻随声附和的生活境地。你被迫维持自己的生存，不断努力扩大自我与世界之间的空间。

时间开始狂奔，精神的监护给它安上决定自身存在的减速器。如果我们不努力配合大自然，为时间减速，那么时间的速率或会将我们吞没？

其他各种生物活着，人竭力活着。仿佛你在每个行动之前都照镜子看过自己。人是*看见自己活着*的动物。

*

理念是一种发财致富的旋律。

*

思想映现虚无——受挫的无限高傲压力下的最好安慰。你想掌控万物，而万物进行着反抗，舍弃了虚空的绝对维度，你还能有何作为？

无节制的傲慢的痛苦耗散着理智，用伟大之类的赞誉为碌碌一生镀金，以平息追求虚荣的心魔。目空一切乃是平复我们奉为神圣的嫉妒的可悲壮举。一切乌有的启示使我们饱尝主观独断的滋味，正如死亡的圣礼使我们饱尝酿成灾难的中庸。

※

　　我何时将达到习惯于自我？条条大路通往这个不可触及的内心的罗马。人乃是一个不可战胜的废墟。是谁将他们如此巨大的热情变为沮丧？

※

　　生活在末日感中：成为固有的孤独的一个圣徒。
　　迷恋于你的孤独，时间停止了，长生不老开始战斗。而上帝对着你的天堂敲钟……

※

　　孤独是精神的一帖振奋剂，正如对话是智慧的振奋剂一样。

※

　　内心的音乐中包含那么多死亡的可能方式，以至我再也找不到自己的终结……只有在缺乏内心的声音时，你才是行尸走肉。但是，当各种感觉为之呻吟时，心灵的王国超越了肉体的王国，宇宙变成一根内心的琴弦，而上帝变成一个曲调的无限延伸。
　　当在一首古老的奏鸣曲中间，你很难克制自己说"上帝啊！但愿再也不会完结"时，一阵直上直下的疯狂之波将你推向神明——请把我放逐到那里，带着所有的音乐……

※

　　人是那样孤独，绝望似乎是他的一个巢穴，而恐惧则是一个庇护所。
　　人徒劳在理智的沙漠中觅求一条出路，黯然神伤，直面着自己的精神深渊。因为，在他心里，光明离不开黑暗。通过为创造加冕之物，通过精神，他属于创造之始。

任何东西也动摇不了他意识中的时间的黑夜。在这黑夜的传承中，命运女神不是尤显高贵吗？

人自身有太多的黑夜……

※

每当腻烦的魔力缠身之时，我就回眸天空。于是，我知道自己将于某个时候，在光天化日之下，在太阳或者云彩的见证中死去……

……"如果可能，把这杯苦酒从我身边挪开"，这杯腻烦之酒……

我也很想高呼"父啊"，但是，如果腻烦本身也是一个神明，那么向谁呼喊呢？

※

为什么我必须睁眼看世界，去发现一个厌烦之魔？

※

大地太过贫瘠，我难于在其中找到无可救治的致命毒药，来摆脱碌碌无为的人生……只有天塌地陷才能散发出迷醉于虚空的芳香，从空中落下安眠的雪片，覆盖那不复愈合的伤口……或者世外之雨，有毒的雨钻过疯狂的蓝天，倾泻在思维的笨重病体上……

上帝啊！我不是说你不存在，我是说自己不复存在。

※

如果虚空只是让我们尝一尝上苍的苦涩滋味，那么算不了什么；但它——给你制造一个优越感的痛苦情结——强制你俯视尘世，透过藐视的眼光，借助乡愁来安慰自己。

※

关于"自我",或许只有莎士比亚和上帝才能谈论。

※

在处于同等神志清醒度的两个人之间,相爱是不可能的。为了相遇是"幸福的",其中一个必须更熟知潜意识的妙趣。同样远离大自然,使他们对于大自然的种种骗局同样敏感,由此产生一种爱欲的模棱两可状态的窘境,尤其是对不可避免的复杂性的戒备。一旦生活的骗局毫无遮拦地呈现在你眼前,女人至好只能处于近乎女仆的地位。爱情不能在两个缺乏幻想的人之间*消费*。一个甚至不知幻想为何物,另一个作为精神无谬误的牺牲品,监视着身份相同的邻居的声色之好,唯恐传染到自己。

※

怀着隐含的偏好紊乱地推翻各种感觉,类似一种令人难以忍受的让步,在这样的让步中,生活的各种秘密在男人和女人看来是半透明的。他们似乎很愿意错误地反对对精神的监控,但事倍功半,只能关注自己的幻想和通过思想来减弱走向消亡的诱惑。于是,清醒的神志在那个绝对平庸的人的叹息中引入了一个黄昏的音符。

※

既非沮丧,亦非仇恨或者虚荣使我们避开人们,而是心灵的毅力用一种强大的启示力促使我们自制。当内心的悸动像一条河流突然由下向上流动时,你还能对谁说什么?为什么还要对他说?

突如其来的幸福浪涛从同类的胸膛冲向我们,增强我们的自身认同性,中止我们对女人的献媚和对朋友的笑容。自我迷失在他的无限性中,生命在使它蹒跚于人们之间的张力中自我膨胀。你以往的一切只剩下病入膏肓的奄奄一息。

无尽的夜仿佛是那种膨胀景色中的一个边缘，你希望自己的熄灭仿佛到达终点，临终的焦虑仿佛对归宿的寻找。有谁会把无限嫁接在一颗可怜的心上？

※

人们一旦没有了诗歌，不在死亡中锚定，又在何处停泊？要有多大的定力才不把死的劫难抛来掩盖生的黯淡无味？

自溺、用吊索升空或者迅猛地中断自己的时日，这样的愿望发自一种极端的厌烦——地狱底层的笛声。

从时间的缝隙中挤出一曲死亡之歌，在对时间的厌恶中发明超验的毒药，消灭你血液和希望中的魔鬼……

时间的形而上的作用在于解除我们个人的重荷。生存乃是一个无比沉重的包袱，因为我们正在向死亡攀登，一个正在向着生存的最高度蜕化挺进的虚空。

时间即是走向死亡的上坡道。

※

我借助一切感觉追求终极的快乐……什么样的神秘的自我实现愿望促使我追求它们？在你遭遇生命的背叛之后，不可能不发现死的壮丽！……

※

凡是看透世人和他自己的人，无不厌恶得想在海底为自己建造一座堡垒。

※

不幸只在基本上具有矛盾气质的人身上发生。

被自己弄得精疲力竭的人折腾同类，也被同类折腾。

✳

一再出现的沮丧必定是不近人情的野心所致。真正可悲的人，乃是不能推翻一切，只得接受自己的理想废墟的人。

✳

时间乃是腻烦将我们钉死在上面的十字架。

✳

在种种诱惑涌现，将我的精力耗散在追求长生不老的沉迷心灵中，对自我的厌恶乃是我唯一的拦水坝。

我还能对这个自我怎么办？

✳

巴赫是一个天堂的颓废派。只有这样，才能解释你每每遇到他所创造的世界中不可避免的庄严变调。

✳

随着腻烦增厚时间，它摊薄了具有透明质地的事物。物质抗不住它的无情毁容。

你感到厌恶，意味着看透万物，丧失耐心。即使是岩石，当明显的厌恶针对它们时，也会化为烟尘。

✳

我不知自己有过什么感觉没被埋葬在思想中（精神是万物的一个坟墓）。

＊

自杀——像任何救赎的尝试一样——是一个宗教行为。

＊

真诚作为不适应生活本质的两面性表现,源自一种摇摆不定的生命力。将真诚付诸实践的人,并非如人们通常想象的那样,面临危险,而是像将真理与谎言分开的任何人一样,已经涉险。

热爱真诚,乃是一种特殊的病态征兆,对生活的*批判*。凡是没有在这样的病态征兆中杀死自己的天使的人,注定要消亡。没有错误,一刻也不能呼吸。

＊

黯淡无光的眼睛只有渴望死亡才燃烧;血液只有在安魂曲中才沸腾。

我是走下抑或爬上理智的斜坡?

＊

一个经历过生活而且还想活下去的动物:人。人的悲剧在这种坚持中告终。

＊

在一颗曾经安置过虚空的心中,爱情的爆发是如此难言地撕心裂肺,因为它找不到一块盛开的园地。如果只是征服女人,那是何等容易!但你必须开垦一无所有的处女地,在你的心灵的仇恨中艰难地控制自己,开辟通往自我的爱之路!这场硬仗——怀着敌意把你抛入反对自己的战争——说明为什么你任何时候都不愿比在爱情的战栗中更残酷地伤害你自己。

✻

在贝多芬的作品中，没有足够的令人心碎神丧的魅力，也没有足够的疲劳感……

✻

魔鬼的最后诡计乃是地狱与良心之间的差别。

✻

只有在你太过接近上帝的巨大痛苦中，才察觉圣子的调解者的角色是多么枉然，而那个十字架的象征又隐藏着多么倒霉的命运。

✻

精神造成几乎全部肉体的痛苦。没有这些痛苦，生活不复成为生活。

只有疾病带来某种新事物。它岂非别有洞天的第五季？

日常通过思想和痛苦的涅槃……

✻

在一个没有旋律的世界里，你拥有那么多的音乐……

✻

人不是为生而创造的动物。因此，他为死的愿望付出了那么多的生命力。

✻

生活的非现实性没有比在追求幸福的绝望中更令人困顿。唯其如此，爱情之痛难于言表。

＊

　　内心声音的全部诗篇，可以归结为将生与死的愿望分开的不可能性。

＊

　　希望是终结的脆弱巢穴。生与死：同一个想象的两个符号。

＊

　　所有并非痛哭的眼泪都流进了我的血液。而我既不是为了这么多大海，也不是为了这么多苦难而生。

# 十二

我找不到解读这个事实的钥匙。在感悟的快乐中，我们反复感念上帝，而在悲伤中，我们只有同自己的骨灰相伴。

*

一个沉思必定蕴含着一首十四行诗固有的内在抒情韵味。浓缩内心撕裂的艺术……建筑学参与我们的音乐般的解体……

*

悲伤——表现为虚弱的无限，千疮百孔的天空……

*

人生浓缩在眼睛里。不改变视角，我们不能寄予任何期望。

*

爱情是圣洁加上性事——任何人和任何东西都不能改变这个不可逾越的崇高悖论。

*

哈姆雷特没有忘记将爱归入使得自杀比苟活更可取的"恶"之列。只不过，他谈到"受鄙视的爱情的痛苦"——那段只是谈论爱的著名独白是何等伟大！

在海岸畔，寂寞时日的内心干旱积聚起——以同样的渴念——幸福和痛苦的冀望。同样是在海岸畔，你虔诚地背弃上帝……

*

地中海是最平静、最圣洁、最少神秘的海。它横亘——以其没有惊涛骇浪的姿态——在人和上苍之间。

*

女人之所以存在，盖因为她是独一无二的。

*

一个人的力量来源自生活的不完美。由于这些不完美，他不复是天然之物。

*

魔力的定义通过瓦格纳得以传播。瓦格纳将休止符，无休止的溶解质引入音乐……并使主旋律的弱调重复构成一个取之不尽的曲调矿藏。一种血脉的……神经衰弱，呈现在将自己的神经壮丽和宏伟地投影在神话中的艺术家身上。

因此，瓦格纳乐曲令人陶醉之处在于：来自远方、暮色苍茫的浪涛在疲惫的额头周围汹涌波动，或者将梦幻和死亡之药倾倒在沉睡的血管上。

*

死亡的脚步声斑驳点缀着生存的语境，正如过度烦躁的神经系统在我们身上呈现的那样，我们非但不感到意外，反而在我们的焦虑中设岗保护。

＊

我们能够通过一个漫长过程,由腻烦转为笃信上帝。就其本身而言,腻烦无非是*缺乏信仰*。

＊

我们只关注风度而忘记了生活。竭尽全力追求表现,掩盖了呼吸的困难。形式的激情窒息了痛苦的负面火焰,言辞的魅力使我们摆脱瞬间的重荷,套话减弱了伤痛。

避免堕落的唯一出路:*懂得全部归宿*——耗尽精神中的毒素。

如果你听凭忧伤成为一种感觉状态,那么你早就不复存在……

精神只通过表现为生活服务。它是生活借以与自己的敌人较量的形式。

＊

午后的疲劳,带着心中的古旧铜绿,以及一个初春花园中的醉人轻风……

＊

永恒性是开天辟地的上帝和人在其中时时想到自己行将枯萎的温床。

＊

当活力不复胜过各种衰弱症状,而是在其中消失时,其结果决定了一个矛盾的人的内在结构。背着某个人进行心理学研究,即意味着揭示哪些因素出人意料的奇怪混合,促使他的各种力量丧失纯洁性。在理论上,我们很难想象原始的野蛮与颓废的伤感、活力与含糊、本能与雅致的结合。但事实上,凡此种种乃是一个生命如夕阳西斜的人在依然正常的思考中备受折磨的情思！

久远的梦幻想着宇宙的发展，而梦的不确定性又使幻想绽放——如果我们机体的刺激不下降，我们虚弱的坡道也不增高，那么种种愿望从何而来？我们的愿望为什么没有一个不波动的进程？如果不是血液的正能量与负能量密不可分，那么又是谁将波动引入欲望？如果我们的本能有一个方向，衰弱有另一个方向，那么我们不是有两次选择，能以两种方式达到完美？各种冲动的荒谬汇合，各种不可约因素的不可分离性创造了一种张力，如此奇特地构建和解构着人——不可能轻易地将衰老的令人陶醉的甜蜜地狱置于原始野蛮的清新和单调的天空上，在青年时期解脱衰老的重荷，在曙光的强烈战栗中了却自我的残生！萌生期望的秋季，在时光的永恒无序中丧失了生命之春的那些人，肩负何等奇特的使命！

*

当你的根为死亡的脉搏提供着养料时，为什么你的眼睛还回望着太阳？你将怀着多少愤怒和痛苦扑向神的深渊！无论是思维的边缘抑或世界的界限都不再能中止绝望在上帝的荒野中翻滚，即使是天堂也将在它们共同的诋毁下不再有鲜花绽放。造物主将在造物中，没有呼吸的造物中输入最后一口气。

什么灰烬的滋味来自世外！

*

与魔鬼单独相处——为什么魔鬼比上帝更少现身？或者你觉得它过于*阴险*，以至这种奇怪的糊涂想法使得揭示撒旦的纯粹本质显得多余？

日常的愿望之路从地下上升至天上。相反的路比较罕见。因此，魔鬼乃是比它伟大的敌人出现得较少的一个怪物。

＊

在人的思想解放中，肉欲不再有痛苦与快乐之间的选择。它为两者加冕。

感觉的奇特完善搁置了两者的差别。痛苦与快乐成为同义词。

＊

为什么你思考时，先失心，后失智？

＊

焦虑的魅力在于厌恶答案，知道一切疑问……任何答案无不染上庸俗的斑点。宗教的优越性来自相信只有上帝能够解答。

＊

我希望埋葬在人们的痛哭中，将每一滴眼泪变成一个坟墓。

＊

人所相信的一切皆反过来反对他。不仅是他所相信的一切，而且他所做的一切也是如此。历史上，前进的一步即是后退的一步。但从他设想过和经历过的一切当中，没有任何东西比孤独更严重地反对他自己。

＊

为什么回忆与记忆不再有联系？而为什么激情或许失去了血液中的老根？天晓得的分裂主义……

＊

来自上帝的弥漫的光线只在你思想的黄昏中出现。

\*

近似神魂颠倒,乃是各种价值等级划分的唯一标准。

\*

人只有在自以为是上帝的时刻,才有成功感。

\*

每当死亡用它的魅力的废墟加重感觉的负担,或者云彩连同天空和其他一切下降到思想中时,时间就像一个华丽的泡沫,在模糊不清的波浪中破灭。

\*

我正在为老祖宗们自鸣得意而赎罪,承受他们幸福的后果,为他们的临终希望付出高昂代价,在生活中眼看祖先不知的新事物发霉腐烂——这就是颓废的涵义。

而在文化上,几个世纪的创造和幻想——要求清醒地忍痛彻底补偿。亚历山大主义①……

报答以往多少世纪的农民,不复有绿地和泥土浸泡在鲜血中……而你自己也不再沐浴在精神的黄昏中……谈何容易。

\*

只有在音乐和心神迷醉的战栗中,没有了界限的畏怯和形式的迷信,我们才达到生与死的不可分状态,生死的一致搏动,生存与死亡的紧密关联。人们通过反射和想象分辨音乐演进中具有迷茫的永恒魔

---

① 文艺复兴时期的意大利哲学派别,对亚里士多德的《灵魂论》有不同诠释和争论,或认为灵魂永存,或认为灵魂随肉体死亡而消失。

力的东西、同一主旋律的高低起伏,潮涨潮落。音乐是绝对时间,瞬间的实体化,不知从何而来的永恒……

具有"深度",意味着不再受分离欺骗,不再是各种"计划"的奴隶,不再切断生与死的关联。各种因素的包罗万象的、沉闷的无限躁动,将一切合成一首各界的混合乐曲,在虚与实的战栗中,在思想的最后深渊中生长出来的叹息中净化自身,永世留给我们音乐和烟尘的滋味……

*

人们的存在通过我们从中得到感悟的痛苦反省而具有了合理性。在一个甄别苦难的法庭上,所有人都将被宣判无罪,首先是女人……

*

没有任何东西能使你满意,即使是上帝——只有音乐,上帝的这个浪子除外。

*

只有沉湎于自己的罪,我们才能背负生活的重担。每个缺点都应转化为一种乐趣,通过宗教,我们使缺陷升华。否则,我们就会闷死。

*

在你想推翻世界之后,有什么错误还会将你与两只无限空虚的眼里的虚无天堂联系在一起?

上帝预见到人的堕落,给予了他女人作为虚幻的补偿。借助女人,他能忘记天堂吗?宗教的需要是一个否定的答案。

*

在一个能将柏拉图与德国浪漫主义者聚合在一起的讨论会上，也许会谈论关于爱情的几乎一切。

但是，最关键的内容或许应该由魔鬼来补充。

*

拒绝神明而不抛弃世界的人，将幻灭的神明变成自己未来成长的目标。

*

当你向上帝呼吁时，写上你的*姓氏*，应该是独一无二的——为的是能与他*同在*。否则，你是人——将永远不能面对他的孤独。

*

神学只为上帝保留了大写字母的尊重。

*

避免面对同类的痛苦，发挥谐星的作用，乃是无比崇高和富有艺术之举。

*

当朦胧的蔚蓝融化成腻烦的雨滴，落下大片的蓝色和忧伤时，我用精神的地中海保卫自我和天空。

*

如果不幸在强烈和巨大的仇恨中使我们净化自己，将一切，首先是爱化为乌有，那么我们也洗净着自我品性的种种不纯。不懂得仇恨的人，也根本不懂得治疗学奥秘的皮毛。任何康复始于重大打击。纯洁性通过清除来获得。我们只有把自己无情地踩在脚下，才能回归自我本真。

※

不应该在任何时候告诉任何人的一个真理：人生除了肉体的种种痛苦，别无其他。

※

在爱情的诱惑中，不复存在自我与死亡之间的空间。

上帝坐在那种被宇宙洗净的情爱的一端。在人世间的爱情上生长起来的一切构筑了上帝的底座。爱情与世界不可能调和……

※

爱情比任何事情更清楚地表明，你*既存在又不存在*。生死无别，乃是爱情的一个现象。

※

你若是神学家或者犬儒主义者，可以承受历史。但是，相信人和理性者怎么能不失望得发疯，怎么能在不断揭穿所谓运气的谎言中保持平静？于是，你求助上帝或者表示厌恶，轻率地企望来世求得解脱……摇摆于神学与犬儒主义之间，乃是受伤的心灵唾手可得的唯一解脱之道。

※

残酷、漫长、充满令人压抑的敌意的黑夜，阵阵风暴淹没在思想的死水中——你忍受着，出于渴望知道如何回答那些默然的问题："难道我将在黎明前自我毁灭？"

物质已经被痛苦浸透。

※

你心比天高,生活的隘口却令你如进退维谷的大象,不寒而栗。

※

什么样的不知名的大海的惊涛骇浪击打着我的眼睑,令人头昏脑涨?——无论多么壮丽的场景都掩盖不了人之为人的疲劳!

※

白夜里对大海的回忆比管风琴或者失望更多地给予我们辽阔天地的想象——无限的观念无非是精神缺乏困意时臆造的空间。

※

伊维萨岛①的日暮刻着一句铭文:"这是许多人的末日。"
……关于死亡,只能用拉丁文来说。

※

凡是对随便哪件事情具有某种定见的人,证明他自己并不了解任何人生奥秘。
精神就本质而言是既赞成又反对理智的。

※

在因不眠而筋疲力尽的躯体上,你发现游荡在一具骨架上的两只眼睛。而在惊醒的翻身的魅力中,你寻找自己过去的不足和未来不能做的事情……

---

① 位于地中海的西班牙岛屿。

\*

一个人只能*正直地*谈论他自己和上帝。

\*

你身处生活的怀抱之中,每每说一些——*由衷的*——无关痛痒的废话……

\*

凭借什么样的奥秘,我们在某些天的早晨怀着眼里天堂的所有错觉醒来?从什么样的记忆宝库中涌出幸福的内心泪水,又是什么样的远古之光保持着物质荒野上的神圣挚爱?

……在这样的早晨,我理解了对上帝的不抗拒。

\*

未来:以时间维度表达的死的愿望。

\*

不造孽的崇高精神从不对抗死亡……

\*

宇宙在你心里点燃了声音,而你正在走过大街……

天空在你的血液里燃烧了自己的影子,而你正在与同类一起微笑……你何时将推倒心中的修道院?

在心灵的无限广袤中,存在那么多出人意料和下流的事情——骨的沙漠和肉的过劳岂能容忍?

＊

悲伤的魔力类似死水的不可见的波澜。

出于你可能有一天不复悲伤的奇怪恐惧，需要记录所有痛苦的反应……

＊

你没有诸如神修深入万物最深区域等令人走火入魔的迷信，发现它们导致疲劳的严重并反复发作……各种观念回归它们的源头，陷入原初的混沌之中，而精神漂浮在生活的基底上。

世界在引发幻觉的疲劳中螺旋运动，剥掉了事物的光辉和欺骗外貌，没有任何东西能阻止我们进入像最后一道曙光一样纯洁的祖先出生地。于是，时间附加在原初的潜在能力上的一切消失了。人生这样展示在我们面前：在虚空操控下——并非混沌是世界的边缘，正相反，世界是混沌的边缘。

疲劳乃是认识的工具。

＊

沉思沐浴在绝望的夜光中。

＊

精神有太少的治疗药物。因为，我们应该首先依靠它自身来治愈。你接近大自然和女人，逃跑又重新回来，怀着幸福不可承受之重的全部恐惧。有的景色和拥抱给你留下了流亡的滋味——就像把绝对与时间混合起来的一切一样。

＊

当你无可救药地陷入迷思和生活时，看着女人眼睛里的天空，不能忘记原始本色。

*

　　能够疯狂、勇敢地带着微笑和绝望忍受痛苦。
　　英雄主义无非是抗拒神圣。
　　痛苦中的危险在于*中和*，逆来顺受。于是，你从不断走向死亡的血肉构成的原来的人变成一个偶像。
　　你万勿成为任何人的完美榜样。在你心里抹掉一切成为偶像和学习榜样的东西。
　　人们从你身上学会小心翼翼做人之道。这就是你的痛苦的价值。

*

　　思想——脱离了老根——依旧孤独地固守着它自身。

*

　　一切问题归结为一点：你如何能免于成为最不幸的人？

*

　　不谈疾病的文章是平庸的，不触及死亡的言论缺乏神秘感。

*

　　深渊里的微弱歌声：深入骨髓的疾病在祈祷。

*

　　生活只有为了享受在它的废墟上开花结果的种种乐趣，才值得经历。

*

当你在悲叹中找到某种优雅时,悖论就成为智慧用以压倒痛哭的形式。

*

什么样的曙光将唤醒我那无可补救地沉醉的头脑?

# 十三

我何时将停止死亡?

我受了伤,祈求天堂的干预。

头脑带着所有的罪孽,或者不带任何罪孽,安居在地狱的底层,眼睛有恃无恐地向世界望去。

当你怀着热情或厌恶爱恋生活时,只有魔鬼怜悯你,为你提供必不可少的临时避难所,逃避令人失神的痛苦。

\*

在肉体撕裂和思想错乱中,如果上帝出手救助我们,我们或可能完全超凡入圣。上帝的犹疑不决使我们依然与俗世为伍。

上帝啊,你为什么没有把我变成你愚昧的苍穹下的一个永远的傻瓜?

\*

精神乃是受到超验的狂躁袭击的肉体。

\*

斗争并非发生在人与人之间,而是发生在人与上帝之间。因此,无论是研究社会问题抑或历史,都丝毫也无补于事。

\*

思念上帝毫无用处，除非在临终之时——你祈求他，并非出于自愿，而是情非得已。

没有人能知道自己是不是信徒。

\*

看着那么多人将自己埋葬在一个观念、一个使命、一个恶习或者一种品德之中，你惊异为什么人们与各种事物只保持极微小的距离。他们想看得那么近吗？他们不愿受到那种不容任何行动的意识触犯？知不再忍耐思，除非借助我们需要再思的意愿。于是，你在目标与理想之间徘徊，依凭着星星点点的激情，出于怜悯和苦涩赋予正在寻求生存的影子们以生命的气息。

宇宙并不古板。它必须苦中作乐开个玩笑。

\*

行与知是相对的两极。

\*

游离于天地之间的犹疑不决，使你遭遇两面神雅努斯①的命运，他的面孔或成为痛苦的心的一个象征。

一颗悬在骚动与怀疑之间的心：一个向声色之好开放的怀疑主义者。

---

① 古罗马神话中的两面门神。在艺术作品中有时有须，有时无须，有时其状为四面人，代表四通拱门。

※

  在星期日的下午——比其他时间的下午更甚——理性好像缺氧，而各种想法——犹如永恒时光的真空底层上的黑色星星——腻烦产生自感觉最终被完全遮蔽，脱离了理智。
  在宇宙打哈欠——烦闷笼罩着宇宙时，森林仿佛俯身用树叶的凯旋之歌来鼓舞迷失在枯枝中的你的心。
  从时间的飒飒响中产生腻烦的音乐——带着时间熄灭的压抑声腔。

※

  我的心——天空从中穿过——是离上帝的最远点。

※

  没有任何东西能使我忘记生活，尽管一切使我疏远它。超凡入圣和生活离我等距。

※

  我无力承受世界的种种表面壮丽辉煌。在它们中间，我喘不出气来，只想说面对这样的景色唯有绝望。

※

  人们既逃避死亡，又逃避终有一死的想法。我永远将自己与此联系起来。而且，同其他人一起逃避——即使不是比他们逃得更快。

※

  腻烦折磨着一颗没有在爱情中找到完美的多情的心。

※

　　为了奢华地掩盖生存的悲剧，通过精神放一串烟火，从清晨到深夜始终保持着。在你周围创造瞬息即逝的永恒闪光，那是发狂的智慧的游戏之作，将生命变作一个墓地上的火花。因为，人的灵魂难道不是一个熊熊燃烧的坟墓吗？

　　富有创造性地体验种种感觉，让身躯与星星为邻，通过神恩或者犯罪把肉体送上天庭——你的象征应该是：板斧上的一朵玫瑰。

　　学会赋予各种观念以瞬间的空间，爱人而不容他有所作为，愉快地做一个没有自我的你。

※

　　在置身大自然的梦幻般的期待中，凝望着一头雄鹰的翅膀如何拍击云彩的破损花边。

　　……而你试想象一下自己飞向了——以超常的高度——生命的深渊，用不幸的翅膀抚慰了一个满布沉渣的天空，尽管它不能满足你对深渊的渴望。

※

　　有多少人能说："我是一个认为魔鬼存在的人？"——我们为何不对倾向于这样说的人感到有某种命定的吸引力呢？

※

　　在一个杀人犯的失眠症中发展起来的思想，或能构建一个完美的世界偶像，因为它们散发着源自天使们神经错乱的迷人芳香。

※

　　在你失去了自己内心的支撑之后，无论做什么，除了上帝，都不复能找到其他东西。离开了他,你再也不能呼吸,没有了他的观念,你可能迷失在思想的荒野中。

绝望中富有魅力的东西是我们突然被抛到了上帝面前。机体的一个不可抗拒的飞跃,我们跪倒在最后审判者的脚下。在此之后,你开始思考,通过反省,澄清或者遮蔽绝望的形而上的愤怒所造成的局面。

由于心灵的孤独命运,你与同类分离,紧紧抓住上帝,不让疯狂的大海掀起比你的孤独更高的巨浪。

\*

在诗中,你不相信任何东西,增加更多的灵感的魅力,因为虚无主义是音乐的一个补充——而在散文中,你必须附和某种东西,以免面对词语的真空,你茫然不知所措。当思维不再回归作为盲目的产物的"崇高"真理之时,做一个思想家实非幸事。

\*

大地的唯一作用,乃是吞下凡人的眼泪。

\*

音乐告诉我们天上的时光大概是什么样子。

\*

在每种疾病中存在一类歌曲。

\*

在被死亡追踪的人与他的同类之间,不复可能架起桥梁。无论他做什么——接近的种种尝试只能加深鸿沟,加剧厄运。

你几乎不得不无动于衷或者假装快活。但是,除了激奋和悲哀,你不复有其他情感,你的作用与人的命运如出一辙。你逐渐沦落到永远不再与任何人交往的境地。

*

在悲伤中——死亡与疯狂在相互竞争——各种恶意的希望转化为杀人的念头。你从以往的披着人皮的畜生变成虚空的一个人质。

愚蠢的永生的阴影和无知的战栗为何不覆盖我?一片绝望的荒原的酷热……

在一个已经死去的脑海里,在十字军中流逝的岁月,不可能抹杀对于一个从叹息和孤独中生长起来的上帝的记忆。

*

在不再有任何亲人的世界里,我依然拥有的,唯独上帝。

*

极端紧张之后的沉默:感悟的沉默、性事的沉默、绝望的沉默。仿佛大自然逃逸了,而人黯然处于一种临终的清醒状态——理智乃是心灵发热的一种功能。存在由此在主观环节创生。因为,没有任何东西能排除心的冲击。

*

人苦于不能缺少焦虑。因为,只有通过恐惧,他才能成功地扩大理性的视野。

*

……渴望建在上苍的一个放荡微笑之上的宽容天堂……

\*

神经官能症是一种不由自主的哈姆雷特气质的爆发。它赋予患者某些才子的特性,却没有天才的支撑。

\*

在天与地之间犹疑不决,将你变成一个消极的圣徒。

\*

站在阿尔卑斯山和比利牛斯山的峰峦上,我踩着脚下的云雾,依傍着白雪和蓝天,终于明白:

——各种感觉应该比高山的稀薄空气更纯洁——无论是人,大地或者世界上的任何事物都不应该进入其中——令人心神迷醉的微风应该是瞬间,高处的旋流应该是视线;

——思绪像吹拂着蓝天和白雪的山风的喃喃低语,抚慰着此时不存在的万物的表层。在你的思想中,映现出以往渺无人烟的所有山脊,以及你曾经伤悼过的所有海岸。腻烦变成海边的音乐和山顶上的狂欢;

——"感情"不复存在。因为,能给予谁呢?一旦你不复是人,那么除了虚空的力量,就不复有其他"感觉";

——除了生活在神经错乱之中,不复能活下去。倒转你的脚步,踩踏着星星。每天重复星星们向你透露自己的笑柄的那些夜课。

\*

每次旅行之后,进步的空话将你无可挽回地与世界联结在一起。你在发现新的美景的同时,受它们吸引而失去在你没有怀疑时培养你成长的老根。一旦受它们的魅力吸引,陶醉于它们所散发出的超凡的芳香,你就腾云驾雾飘向幻想的废墟不断扩展着纯洁的乌有之乡。

※

  我相信的事物越来越少，越来越多地觉得自己在美景的影子下死去，因此已经没有任何东西依然使我留恋生活，不复有任何东西使我转而抗拒生活。只是随着希望的消散，我才开始爱生活。当我不复有任何东西可以失去时，我将独自同它在一起。

※

  唐璜式的放荡，乃是一种用错了的神意的产物——在一切爱情宣言中，我们觉得唯上帝之命是从——因此，我们可以对任何人做想做的一切。

※

  夏天早晨群山灰色基底上的雪野：盘古之天的废墟。

※

  观念乃是死的旋律。

※

  我们不能向人们揭示我们心头的烦恼，离开了上帝，我们或不得不听凭一把又一把解剖刀在心的奥秘中锈蚀——心及其自然的运动爱好生命这个变化莫测花园中的自杀之花。

※

  人的命运是"现世"的不断缺失和"来世"——宿命之词的过度频繁。从这个词拖长的共鸣中，产生一种不可治愈的死亡的战栗。

\*

没有任何东西比长生不老的干扰更严重地搅乱血液的单纯性。什么样的灾难将倾泻在种种愿望的嫩芽上,把它们搅乱,把它们不留痕迹地灭绝?长生不老并非由生命的气息组成。它的悲哀的魔力窒息了激情,将现实压缩到缺失状态。

\*

在随意囊括万物的虚空世界的浪涛上,只有愿望轻拂着生存的微风。

\*

在一切宗教中,就无私的反省而言,关于痛苦的部分乃是唯一富有成果的。其余一切皆纯属法律条文或者低劣的形而上学。

\*

在腻烦中,时间取代了血液。没有腻烦,我们或不知道时光是怎样流逝的,甚至不觉得时光的存在——一旦爆发腻烦,任何东西再也无法遏制它。因为,那时,你度日如年,厌恶*所有*时间。

\*

思想家的作用在于创新诗的观念,用绝对形象补充世界,摈弃一般,将所谓的规律踩在脚下。思维的本质在于以雷同为耻,厌恶一般原理——思想在理性的废墟上发芽。

\*

我爱不屈服于生活的目光和能在上面听见时间的山峰(心灵与世界并非同步)。

\*

　　有些国家是我一刻也不能虚度的，例如西班牙。有些宏伟壮丽和令人沉思的地方，在那里石头藐视希望，永恒的岁月慵懒地躺在它们的城墙上，回忆着时间的流逝，那是神明午睡的优选场所，迫使你回归自己的原形：在法国——圣米歇尔山，艾格莫尔特①，雷堡②和罗卡马杜③——在意大利，则是整个意大利。

\*

　　绝对的腻烦不啻时间观念物化为肉体。

\*

　　一个思想应该像一个微笑的遗痕一样非同寻常。

\*

　　思维在其中转动的空间，我觉得像天上的乌有之乡一样遥远和缺乏根基。

\*

　　具有某种信念的所有人的缺点在于轻视死亡。死亡的绝对性只有对个人的突发事故，以及生存的多方面的错误敏感的那些人才懂得。个人是一个*既存的*失败，一种不惜冒险对抗任何原则的严酷性的错误。令你面对死亡的并非理性，而是个人的独特素质。有信念的人甚

---

①　法国东南部加尔省城镇，13 世纪中叶，路易九世为其两次十字军远征再次修建登船码头。
②　法国普罗旺斯中世纪古堡，据说但丁《地狱篇》中有所描写。
③　法国西南部洛特省小镇，著名的基督教圣母朝圣地。

至掩盖这种独特性的悲剧。坦然走向死亡，净化和赤条条地回归本源——乃是软弱的思想、温和的观念高不可攀的。对于死亡，必须直面，怀着你不相信任何东西乃至甘当虚空的殉道者的内心的纯洁性。

\*

热爱充满动荡和痛苦的生活，只吸引那些淹没在厌恶中的人。有多少个早晨，突然在疲劳的沙漠上百花盛开，使我们惊呆地投入生命的怀抱。

在厌恶一切——源自血液和观念怠惰的广泛厌恶中，喷发出转瞬即逝的幸福感，像蔚蓝云彩的碎片在我们的叹息声中朦胧地扩展。于是，你在厌恶生抑或死之间觅求某种平衡。

\*

天使或者魔鬼之雾将腻烦的花冠戴在我的头上。但是，我热爱人世，它们不能遮蔽我徒劳希望的天地。

\*

是天，而不是地，将我变成"悲观主义者"。*生存的无奈，那是思念上帝的结果……*

\*

在神秘主义中存在痛苦，无限的痛苦，但不存在悲剧。心神迷醉是无可弥补的对应极。悲剧只有在*特定的*生活中才有可能发生，这种*穷途末路*充满悲壮、无奈和失望——莎士比亚之所以伟大，乃因为在他心里没任何观念能高唱凯歌：胜利只属于生与死。具有某种"信念"者没有悲剧感。

✳

一段时间以来，你不复思考厌烦，而是让它思考自身。在心灵的迷蒙中，腻烦走向实体。它大功告成：成为真空的实体。

✳

在上帝身边的人不能逃脱生的诱惑——即使是自杀也不能结束他内心的分裂。没有任何东西帮助他摆脱思想的残酷悲剧。不可解套的思想在这样的冲突中走向枯竭。理智的魔力具有重大威力，无法加以消解，虽然各种观念漂浮在虚空的闪光中。快活地生活在虚无中……
当你太过迷恋地热爱生活时，在各种思想中寻找到了什么？一旦偏爱赋予生活以公理的名望，精神就变成一个巨大的误区。

✳

我是被声色之好侵蚀的撒哈拉大沙漠，一具玫瑰花的石棺。

✳

大城市中的荒凉街道：仿佛每间房子里都有人在上吊自尽。
……而我的心——乃是按照鬼知道什么样的方式构建的绞刑架。

✳

超凡入圣乃是我们不借助生命力的种种手段能够达到的最高度的正能量。

✳

虚无主义：良智的极限形式。
腻烦逐步趋于通俗和完美，正如我们觉得宇宙散发着洋葱的气味，或者源于某种射线的失效。

## 十四

只有在海边,我才感到"回到了家"。因为,我只能从浪涛的泡沫中,构建一个自己的祖国。

在思维浪潮的涨落中,我十分清楚地知道,自己不复有任何亲人:没有国家,没有大陆,没有世界。只有深夜转瞬即逝的爱的淡淡的叹息,将幸福与疯狂混合在一起。

\*

对于热衷于徒劳无功活动的唯一辩解:怀着宗教徒一般的虔敬之心体验世界的没落。

上帝做证,我将上苍融合进了我的全部感觉,在每个吻上升起悔恨的穹顶,在那晕厥感上升起其他欲望的蔚蓝天庭。

\*

没有任何东西比爱情更任性。当女人闭上自己的眼睛时,你的目光滑向她的眼睑,去寻找另一片天空。

\*

在没来由的突发的绝望中,心灵是上帝溺死在其中的一个大海。

\*

生活的唯一正能量内容,乃是一个否定词:怕死。明智——各种反映的死亡——克服对死的恐惧，将生与死汇合在矛盾的快感中。没有这种享乐，一个清醒的头脑不复可能容忍天性的种种对立，也不可能忍受生存的种种不可解决的难题。

\*

在不可治疗的垂死阶段，你决定赞同上帝。信念意味着带着生命的表征死亡。宗教缓和死亡的绝对性，以便赋予上帝作为这种缓解的结果的美德。上帝之所以伟大，乃因为死亡并非是生存的全部意义。至今没有任何人敢于坚持——除了一时冲动的错误——死亡并非是生存的全部意义……

\*

我越是丧失对世界的信念，就越是赞同上帝，虽然我并不*相信*他——这或许是一种神秘的疾病或者思想和良心的一种正直感，使你同时既是怀疑主义者又是神秘主义者？

\*

不幸在词汇的世界中没有其地位。

\*

永生无非是缺乏时间概念的一个包袱。因此，我们在任何地方都不会觉得比在疲劳中更紧张——永恒性的体感。

没有时间概念的一切，超时间的一切产生自一种严重的凝固，源于器官的一种冥想的深度迷离状态和生存的失速。永生在活力的沉默中延展。

\*

通过超越自我，我开放了自己的堤坝。精神能否消除盲目的自信,来重建堤坝?我能借助什么样的奇迹和魔力回过头去重新认识?清醒状态将何时退却?没有理智的怯懦,人生不可能得到挽救。

*

待到何时心的作用将是歌唱理性的苦闷挣扎?你将如何结束纠结于怀疑和噩梦之间的思维?

*

抒情乃是我们能够借以祛除直白和认识痕迹的最大误区。

*

不必区分灵与肉的悲剧之间的差别……将*血*引入逻辑……

*

厌恶世界:仇恨泛滥为憎恶。由此,在腻烦的迷蒙中引入了否定的宗教特性。

我觉得生活是你为了忘记上帝而逃避入内的一座修道院,它的十字架或会刺破天堂的虚空。

*

在心灵过滤了上帝之后,剩下的沉渣变成——作为惩罚——心灵的实体。

*

万物是无用和无意义的——也许苦难的隐蔽旋律除外。人的边界即是痛苦的边界。只有在你忍受了许多苦难之后,才有权认为世界是一个审美的借口,是你高尚的或病态的理解力的一场演出。你之所以受苦,是因为置身于痛苦之外。没有人会知道出于经历了多么大量的痛苦，你才变成*信仰宗教*的唯美主义者。

※

各种思想源自本能的隐退，而精神使得生命的各种力量势单力薄。唯其如此，人变得坚强——但缺乏活力的种种手段。人类的现象是生物学的最大危机。

※

我不能承担他人的痛苦，对他们的痛苦表示怀疑。首先，你钉在十字架上，结束了生命；其次，各各地①直上天空。

痛苦是没完没了的，怀疑是不可能结束的。

※

当你不再能祈祷时，用绝对来代替上帝。这个抽象词的首要意义是不要祈祷。绝对乃是心灵外的一个上帝。

随着将崇拜虚无导入思维领域，我们在神明的消解进程中不断推进。绝对还有何用处？就长久而言，万物是无用的。神秘主义的热情必须借助高尚的审美趣味来净化。我们应该从理智的老根上同最完美的风格进行接触。我们应该将艺术的声誉借给最后审判本身，以感人的冷静姿态将自己融入世界的最后基地。就崇高感而言，绝对乃是虚空的一个无用的碎块，正如一个无头无臂的胸像一样。

※

为什么人们不膜拜云彩？

因为它们在脑子里比在天空中漂浮得更轻松？

---

① 各各地是《圣经》所说的耶稣受难的刑场，位于耶路撒冷城西北的一座小山上。

＊

在恐惧中产生的思想藏有拜占庭圣像的眼睛的奥秘和冷峻。

＊

所有的路都从我通向上帝，没有一条是从他通向我。因此，心是一个绝对之物——而"绝对"是一个虚空。

＊

内心无处归属是没有根基的思想的绝对氛围。只要你在世界上有一个立足之处，就不会触动灵魂的严重空虚。你——永远——从自己没有祖国出发，来思考问题。精神没有疆界，就无处可以封闭你。因此，思想家是一个生活中的侨民。当你不懂得及时止步时，精神错乱变成你不幸的唯一出路。

＊

伤感在精神崩溃中导入那么多音乐！

＊

人们紧密依存，庸庸碌碌地生活着。除了谈论人，你还能同他们说些什么？无非是各种遭遇、事物和忧虑。却从来不谈观念。但只有观念是脱俗的。抽象的崇高是他们不懂得的，因为他们舍不得花力气，不愿费力去啃那种看不见摸不着的东西：观念。庸俗性：缺乏抽象。

＊

感人地放弃各种事物确定了感觉的两极：无爱之爱和无恨之恨。而宇宙正在变成一个能动的虚空，万物在其中是毫无用处的，犹如天使眼睛里的黑暗。

※

　　疾病是一种灾难性的享乐，只能与葡萄酒和女人类比。这三种手段乃是自我或多或少借以窥视绝对的窗口，它们封闭在思想的大片黑暗中。因为，疯狂是阻止思想认识自身的一个障碍——精神的不可承受之重。

※

　　人的边界越是不确定，他就越是容易接近上帝的深奥无底。我们将他看作大自然、人抑或其他什么？我们只能这么说：深不可测。如此——面对神的无边无际特性，人除了自己的不确定性，没有其他通路。深奥无底，乃是神的深渊与人的深渊之间的接触点。
　　我们濒于失去边界的趋势，而走向无限和毁灭的倾向，犹如一阵战栗，将我们置于神的气息在其中展现的空间。如果我们依然局限于个人条件的框架内，我们能借助什么滑向上帝？我们的模糊和不确定性成为形而上学的源泉，比相信某种使命和自豪地投身于某种事业更加重要。人的种种缺憾乃是宗教的机遇，但必须深入研究这些缺憾。因为，那样人们势必直接走向上帝。
　　搅动着人的生存的虚空的浪涛，在波澜中延伸至神性的无限缺憾——人除了上帝的深奥无底，没有其他根基。

※

　　我也是一个殉道者：想为疑问而死——怀疑主义——没有宗教的成分——乃是精神的一种蜕化。并非对理智的怀疑，而是对钉死在十字架上的怀疑。你试把大钉子钉入灵魂之中。怀着痛苦去想世界的曙光，带着微笑流血。我何时将燃起观念之火？——思想的波动是那么灼热！你仰望上帝却又满心怀疑，实非易事！

✳

难道我将跪着直至穿透大地？我将自始至终不做祈祷？我将带着自己超自然的放荡辱没上帝？

我上天入地，爬得越高，摔得越重。

✳

与一切剥离的精神，以同样的强度走向对立面。你不能热爱某种东西而又不对它持同等的保留态度。任何激情同时唤醒了它的对立面。相反相成乃是人的呼吸的基础。从不复有自我开始，我有了自己的世界指南。

悖论表明不可能*自然*地生活在世界上。

宇宙是精神的暂息。

✳

心的作用在于变成一首赞美诗。

✳

归根结底，怀疑主义无非是源于你不可能心神迷醉地实现自我，不能达到并体验心神迷醉。只有不加掩饰的、再明显不过的盲目才能治愈我们的怀疑。含有香脂的死亡战栗——当你的热血直喷天堂之时，还怎么怀疑？但这样的喷发何其少矣！

怀疑主义：不能进入天堂的焦虑。

\*

将垂柳①引入各种范畴……

\*

只有经受过痛苦之后，你才有权攻击耶稣，正如你如果不是教徒，就不能正直地反对宗教一样。*置身局外，任何批判都证明不了任何东西，也触动不了任何人。当你攻击某种立场的核心时，你的立场的核心并非是针对敌人，而是针对你自己。*一种富有成效的批判是自我拷问。其余一切皆是儿戏。

\*

痛苦的微笑使太阳熄灭……

\*

历史或终止于人把自己钉死在某个所谓真理之上的那一刻。但是，人之所以*活着*，其实只是因为厌烦任何真理。变革的源泉乃是世界有可能出错。

一个时代依赖某个真理并相信它，因为并没有认真考量它。一旦你将它放到天平上，称一称它的重量，*任何东西皆变为一个真理——或曰错误。*当你进行*判断*时，任何东西——毫无疑问地肯定成为一个毫无作用地摇头晃脑的原理。

你不把它弄得名誉扫地，就不能清醒面对某个真理。一个人或者一个时代，必须在*下意识地*对某个原理毫无保留盲目相信的状态下进行呼吸，确认它的普遍性。*知*意味着推翻确定性的任何痕迹。意

---

① 在罗马尼亚语中"垂柳"是一个复合词，有两解，一解是痛哭流涕的，悲伤痛苦的；另一解是形容植物叶子下垂的样子。作者此处意指文字游戏。

识——理性的极限现象——是疑问的源头,疑问只能在清醒的思维的黄昏时折服。理智清醒是真理的大灾难,而不是认识的灾难,在其基础上耸立起一座错误的复杂建筑,出于简化的需要,可以称之为"*精神*"。

*

我的灵魂只有在形而上学和圣颂中才能满足。

*

上帝每一刻都在叹息,因为时间是他的祈祷。

*

当健康和幸运降临到我们头上时,思想却铺上了一层热炭灰,于是头脑退却了。

不幸乃是精神的最强刺激。

*

如果人心被简约为它的理想本质,亦即钉死耶稣的十字架,那么在它的周边或会出现一个个十字架,上面悬挂着各种各样的希望——及其令人陷入疯魔的每日每时的诱惑。

*

清醒的理智:本能之秋。

*

我不惧痛苦,也不惧随后的屈从。但愿我能永远受苦,既不顺从,也不祈求!

疾病将你置于物质的极限。通过疾病,肉体变成通向绝对之路。

因为，身体的挫折将痛苦变为一个灾难中的天堂。

疾病毫不隐讳地为魔鬼服务。或许更甚：魔鬼是*抽象层面上*的疾病。而人是：受损的物质。

*

借助孤独，摆脱感觉控制的一切——首先是无形的东西——获得了一种直接的特性。一个没有人和没有世界的存在，也就是说，你发现自己直接存在于本质之中。于是，你通过一个罕见的寒战洞见了黑夜、光明、思想的本质。你从一切事物中分离出*绝对剩余*，亦即当某一事物对于感觉来说不复存在之时，它所剩留的部分。你理解了怀疑的最终奥秘，但各种感觉不再感知黑夜。或者你陶醉于音乐，却不复有任何声音爱抚你的耳朵。心灵剧烈的孤独揭示了表象基础上的纯洁的虚空，一切结构基础上的神圣的或者魔鬼般的纯洁性。如此，你懂得心灵的最终作用乃是导致无限发生病变。

*

何时我将溺水而不求助于魔鬼和上帝？

*

在天堂里，蓝天发挥着大地对于我们的作用。也就是说，亚当和夏娃两人脚下踩着的是蔚蓝的沙漠。因此，他们不可能在那儿*相识*——而那时在这儿，在地球上，在土地的痛苦颜色上，你没有其他事情可做。

你摘一朵花或者一棵草，观察它们是从何生长出来的：从凝固的赎罪中。

*

亚当的第一滴眼泪启动了历史。那一滴透明和形状变幻莫测的咸味的泪,乃是历史的第一刻,而留在令人恐惧的我们祖先心里的虚空,则是第一个理想。

人们逐渐丧失了流泪的天赋,用观念来代替眼泪。所谓文化,无非是欲哭不能的悲剧。

*

存在着一种实质的疲劳,其中积聚着日常的所有疲劳,将我们直截了当地置于"绝对"中间。你漫步于世人之间,同他们分享着微笑,或者出于习惯寻找着真谛,依靠理性作为自我的基础。*别无他法*:你被推向理性的基础。躺在——自愿或者不自愿地——存在的底层——当时——每一刻都是戏剧性的*当时*——你觉得生活是从绝对的幻境中演化出的一场梦,你远离一切的幻觉。你一方面沿着无边的想象的斜坡下滑,另一方面出于模糊的本能,必须依然背靠这个世界,你的命运的矛盾比春色降临一个乡村公墓更加痛苦。

人是绝对的一条沉船。在这条沉船里,不可能有东西*上升*。只能沉没。没有任何东西比严重的疲劳更深地沉没在其中,它们在无限和腻烦的缝隙中开辟自己的空间。

我们作为生物没有权利观察超越我们界限的世界。我们变成了人,走出了生物的天堂。我们曾经是绝对。现在知道我们身处其中。这样,我们既不再是他,也不再是我们。认识竖起了一道人与幸福之间的城墙——痛苦无非是关于绝对的意识。

*

各种观念应该像白夜的乐曲一样广阔和起伏。

*

*比较模糊之物即是上帝*。只有关于上帝的观念比他本身更模糊。……而这个永远的模糊乃是人的最撕心裂肺的痛苦。死亡并未将

确定性引入人类，而只是引入个人。因为，我们死亡时并没有更贴近地认识上帝，我们是连同自己行为的所有缺点一起熄灭的，所以我们既非是现在的自我，也非过去可能的自我。如此，死亡最后一次为我们解脱了认识的重担。

*

对于腻烦的那种恐惧，不能与任何东西类比……一种奇怪的焦虑使人血热心燥，预告在莫名其妙的时刻折磨你的若明若暗的空虚。近乎中邪，时间的苦汁倾注进血管。笼罩着你的这种恐惧要求逃跑。于是，你开始再也得不到安宁，无论在什么地方。

*

这个世界的种种缺陷即使在神学和邪教中也应该体验到。无论如何，我们不能停留在情感阶段。一切必须*同时*与上帝和魔鬼联系起来。

*

巴赫与瓦格纳表面上根本不同，却是基本上极其相似的音乐家。不是说音乐结构，而是说情感的潜质。音乐史上是否存在两个比之更充分和丰富地表达不可定义的颓唐状态的创作者？在巴赫的作品中，这种状态是神圣的，在瓦格纳的作品中，则是出于爱，或者说前者将心灵的憔悴压缩在一种绝对严格的音乐结构中，后者则通过一种形式上忧伤的曲调轻轻吹拂着心灵——这丝毫也不表明反对情感深刻的共同性。听着巴赫的音乐，你不复身处俗世，而是与上帝在一起，而瓦格纳的音乐则沉浸在爱中，令人觉得超世脱俗。重要的是，他们俩是颓唐的，两人都用一种消极的激情摧毁生活，两人都力劝我们超脱自我而赴死。两人都只能被理解为内心充满疲劳，生活空虚无趣，期望死亡的快乐。无论是前者抑或后者，都不能当作死的诱惑的解毒剂。

※

　　无论如何，性事是神秘的，尤其是当你不再属于世界时。那时，你在它的启示下带着不可言喻的惊奇复活，在如此古老的活动把你控制和制服之后，立即不得不问自己是否确实不再属于世界。

　　但是，十分可能的是，沿袭自己的小路行走的思想的作用只是表明处于矛盾中的紧张和深陷不可解决的问题而不能自拔的心态。没有任何事情比抛弃世界更不能轻易做到。无限反复的精神恍惚穿透分离的高空，造成方向迷失，而这正是各种问题、焦虑和疑问的根源。在被过多的思虑所抛弃的精神中，温存的低语和连续不断的呼噜声汇集着诸多驳杂的场景和不可调和的世界。宇宙的两张面孔，灵与肉的敌对在水平的层面上达成和解。那只是瞬间的和解——在此之后，以更残酷无情的强度重新开战。重要的是，你依然能够表示惊异。这种机会不应该失去。其他人顺从肉体的惊异，他们不懂得源于灵和肉的交叉的那种惊异，也不懂得充满快乐和苦难的两者纠葛的焦虑。

※

　　神经衰弱：灵魂的*斯拉夫*插曲。

※

　　如果我们没有灵魂，音乐也不会为我们创造它。

※

　　非天然的一切皆是病态。历史的发展表明大自然患病的各个阶段，这些阶段并非生活匮乏，而是发展高度的危机。因为，健康只是在精神出现之前才可能是一个正面概念。

　　由于身份认同的烦恼，世界从最初的平静开始演变。我们不可能知道是什么*触动*了原始的平衡，但很清楚的是，自我认同的腻烦，无限的静止把世界推入运动——疾病乃是变化的一个动因。这就是疾病的形而上学意义。

……唯其如此，在任何腻烦中，穿透着最初的厌恶的种种表现，正如沙漠中的绿洲从木然固着于自身的各种事物期望*生存*之时开始，扩展为农神体拉丁古诗的心灵美景一样。

＊

婚姻制度中存在那么多理性和平庸的东西，以至使人觉得是神经错乱的各种敌对的力量创生了这种制度。

＊

我不想失去理智。但有那么多庸俗的东西不得不保存！你徒劳地守护着世界和上帝的不可理解的奥义，从苦难中汲取科学！仇恨和自我迷醉了我。

＊

悲伤是一个天赐*礼物*，如同陶醉、信仰、生存，以及伟大、痛苦和不可抗拒的一切一样。悲伤的礼物……

## "蓝色东欧"译丛（部分书目）

### 第 一 辑

- **《石头城纪事》**（小说）
  【阿尔巴尼亚】伊斯梅尔·卡达莱 著　李玉民 译

- **《错宴》**（小说）
  【阿尔巴尼亚】伊斯梅尔·卡达莱 著　余中先 译

- **《谁带回了杜伦迪娜》**（小说）
  【阿尔巴尼亚】伊斯梅尔·卡达莱 著　邹琰 译

- **《石头世界》**（小说）
  【波兰】塔杜施·博罗夫斯基 著　杨德友 译

- **《权力之图的绘制者》**（小说）
  【罗马尼亚】加布里埃尔·基富 著　林亭、周关超 译

- **《罗马尼亚当代抒情诗选》**（诗歌）
  【罗马尼亚】卢齐安·布拉加等 著　高兴 译

## 第 二 辑

- 《我的疯狂世纪(第一部)》（传记）
  【捷克】伊凡·克里玛 著　刘宏 译

- 《我的疯狂世纪(第二部)》（传记）
  【捷克】伊凡·克里玛 著　袁观 译

- 《我的金饭碗》（小说）
  【捷克】伊凡·克里玛 著　刘星灿 译

- 《一日情人》（小说）
  【捷克】伊凡·克里玛 著　高兴、杜常婧 译

- 《终极亲密》（小说）
  【捷克】伊凡·克里玛 著　徐伟珠 译

- 《等待黑暗，等待光明》（小说）
  【捷克】伊凡·克里玛 著　杜常婧 译

- 《没有圣人，没有天使》（小说）
  【捷克】伊凡·克里玛 著　朱力安 译

- 《花园里的野蛮人》（散文）
  【波兰】兹比格涅夫·赫贝特 著　张振辉 译

- 《带马嚼子的静物画》（散文）
  【波兰】兹比格涅夫·赫贝特 著　易丽君 译

- 《海上迷宫》（散文）
  【波兰】兹比格涅夫·赫贝特 著　赵刚 译

- 《父辈书》（小说）
  【匈牙利】瓦莫什·米克罗什 著　许健 译

## 第 三 辑

- 《乌尔罗地》（散文）
  【波兰】切斯瓦夫·米沃什 著　韩新忠、闫文驰 译

- 《路边狗》（散文）
  【波兰】切斯瓦夫·米沃什 著　赵玮婷 译

- 《第二空间——米沃什诗选》（诗歌）
  【波兰】切斯瓦夫·米沃什 著　周伟驰 译

- 《无止境——扎加耶夫斯基诗选》（诗歌）
  【波兰】亚当·扎加耶夫斯基 著　李以亮 译

- 《捍卫热情》（散文）
  【波兰】亚当·扎加耶夫斯基 著　李以亮 译

- 《索拉里斯星》（小说）
  【波兰】斯塔尼斯瓦夫·莱姆 著　赵刚 译

- 《遗忘的梦境——查特·盖佐短篇小说精选》（小说）
  【匈牙利】查特·盖佐 著　舒荪乐 译

- 《流星——卡雷尔·恰佩克哲理小说三部曲》（小说）
  【捷克】卡雷尔·恰佩克 著　舒荪乐、蒋文惠、程淑娟 译

- 《神殿的基石——布拉加箴言录》（箴言）
  【罗马尼亚】卢齐安·布拉加 著　陆象淦 译

- 《十亿个流浪汉，或者虚无——托马斯·萨拉蒙诗选》（诗歌）
  【斯洛文尼亚】托马斯·萨拉蒙 著　高兴 译

## 第四辑

- 《耻辱龛》（小说）
  【阿尔巴尼亚】伊斯梅尔·卡达莱 著　吴天楚 译

- 《三孔桥》（小说）
  【阿尔巴尼亚】伊斯梅尔·卡达莱 著　施雪莹 译

- 《接班人》（小说）
  【阿尔巴尼亚】伊斯梅尔·卡达莱 著　李玉民 译

- 《绝对恐惧：致杜卞卡》（小说）
  【捷克】博胡米尔·赫拉巴尔 著　李晖 译

- 《严密监视的列车》（小说）
  【捷克】博胡米尔·赫拉巴尔 著　徐伟珠 译

- 《雪绒花的庆典》（小说）
  【捷克】博胡米尔·赫拉巴尔 著　徐伟珠 译

- 《温柔的野蛮人》（小说）
  【捷克】博胡米尔·赫拉巴尔 著　彭小航 译

- 《无常的夏天》（小说）
  【捷克】弗拉迪斯拉夫·万楚拉 著　张陟 译

- 《赫贝特诗集（上、下）》（诗歌）
  【波兰】兹比格涅夫·赫贝特 著　赵刚 译

- 《垃圾日》（小说）
  【匈牙利】马利亚什·贝拉 著　余泽民 译

# 第五辑

- 《壁画》（小说）
  【匈牙利】萨博·玛格达 著　舒荪乐 译

- 《鹿》（小说）
  【匈牙利】萨博·玛格达 著　余泽民 译

- 《两座城市：论流亡、历史和想象力》（散文）
  【波兰】亚当·扎加耶夫斯基 著　李以亮 译

- 《另一种美》（散文）
  【波兰】亚当·扎加耶夫斯基 著　李以亮 译

- 《思想的黄昏》（随笔）
  【罗马尼亚】埃米尔·齐奥朗 著　陆象淦 译

- 《着魔的指南》（随笔）
  【罗马尼亚】埃米尔·齐奥朗 著　陆象淦 译

- 《乌村幻影》（小说）
  【罗马尼亚】欧金·乌力卡罗 著　陆象淦 译

- 《裸浴场上的交响音乐会——罗马尼亚20世纪小说精选》（小说）
  【罗马尼亚】诺曼·马内阿等 著　高兴等 译

- 《我行走在你身体的荒漠——立陶宛新生代诗选》（诗歌）
  【立陶宛】阿纳斯·艾利索思卡斯等 著　叶丽贤 译

- 《魔鬼作坊》（小说）
  【捷克】雅辛·托波尔 著　李晖 译

## 第六辑

- 《简短，但完整的故事》（小说）
  【波兰】斯瓦沃米尔·姆罗热克 著　茅银辉、方晨 译

- 《三个较长的故事》（小说）
  【波兰】斯瓦沃米尔·姆罗热克 著　茅银辉、林歆、张慧玲 译

- 《挑衅以及其他故事》（小说）
  【阿尔巴尼亚】伊斯梅尔·卡达莱 著　李焰明 译

- 《娃娃》（小说）
  【阿尔巴尼亚】伊斯梅尔·卡达莱 著　张雯琴、宋学智 译

- 《天堂超市》（小说）
  【匈牙利】马利亚什·贝拉 著　余泽民 译

- 《秘密生活》（小说）
  【匈牙利】马利亚什·贝拉 著　余泽民 译

- 《蓝色阁楼寻梦》（小说）
  【罗马尼亚】阿德里亚娜·毕特尔 著　陆象淦 译

- 《两天的世界（上、下）》（小说）
  【罗马尼亚】乔治·伯勒伊泽 著　董希骁、Mara Arion 译

- 《生活边缘的女孩》（小说）
  【罗马尼亚】米尔恰·格尔特雷斯库 著
  张志鹏、林慧芬、陈进、李昕 译

- 《希特勒金钱》（小说）
  【捷克】拉德卡·德内玛尔科娃 著　姜蔚茜 译

· 部分书名为暂定，以出版时为准 ·